원칙과 품격

원칙과 품격

채희수 지음

맑은샘

봄 · 여름 · 가을 · 겨울, 다시 봄 · 여름.

조각조각 보이던 사계절이 어느 날 덩어리가 되어 굴러가듯 한눈에 들어왔습니다. 앞만 보고 달려가던 걸음을 잠시 멈추었습니다. 그러자 마주했던 사건 사고와 문제들, 잊히지 않는 사람들이 성경(聖經) 말씀과 함께 분류되며 통합적으로 보이기 시작했습니다.

그때부터 조각 메모를 하였습니다.

'이런 경우 어떻게 해야 합니까?'

'까닭없는 상처가 뉘게 있느뇨?'

'이것이 그러한가?'

'언제 제일 좋을까?'….

메모는 수년간 이어졌고, 어느새 이를 토대로 책까지 쓰게 되었습니다.

급변하는 현대사회 속에서 돈과 관련된 범죄와 문제들, 술로 인한 사건 사고들, 도박 중독, 가짜 폐해, 사기 결혼, 성폭력, 자살, 우상 숭배 등은 지금껏 메모해 왔던 내용과 같이 앞으로도 옷만 바뀌어 입고 끊임없이 발생할 것입니다. 사계절 내내 눈앞에서 말입니다.

이 책에서는 이러한 사회병리 병폐 현상에 대한 근본적인 예방책과 생활법률 지식 등을 주석과 함께 제시하였습니다. 책을 읽음으로써 습득할 수 있을 것입니다. 책 속에 흐르고 있는 삶의 원칙과 품격을 상고(詳考)하며, 이를 실천해 나감으로써 건강한 사회를 서로 만들어 갑시다.

한 걸음씩…

목 차

II. 가을·겨울

I

봄·여름

01

교양 없는 사람

언어(言語)는 생각, 느낌 따위를 나타내거나 전달하는 데 쓰는 음성, 문자 따위의 수단, 또는 사회 관습적인 체계[1]이다.

디지털 시대에 언어의 일부가 된 이모티콘, 한글 초성이나 특수부호만으로 이루어지는 대화까지, 일상에서 쓰는 글자 풍경이 바뀌었다.[2] 신조어, 비속어도 무분별·무차별적으로 사용되고 있다. 국어파괴가 심각하다.

---

[1] 국립국어원 표준국어대사전 참조.

[2] '검은 것은 글씨 흰 것은 화면 디지털 글꼴의 진화', 2021. 10. 15. 조선일보 A18면 기사 참조.

국어파괴는 사회 관습적인 체계를 뿌리부터 흔들어 심각한 사회 문제를 낳을 수 있다. 잘못된 언어 사용 및 해석으로 인해 발생하는 많은 분쟁과 사건이 이를 방증한다. 바른 언어 사용은 아무리 강조해도 지나침이 없다.

우리나라는 수년마다 대통령선거, 국회의원선거, 전국동시지방선거, 교육감·교육의원[3] 선거, 농·축·수협 등의 조합장 선거가 실시되고, 그사이 재·보궐선거까지 시행되는 경우도 있어 거의 매년 선거판이 열린다.

전국동시지방선거가 끝난 후, 전직 지방자치단체장이 현직 지방자치단체장을 공직선거법 위반으로 고발한 사건을 수사하게 되었다.

고발 사건은 부하 공무원 등의 불법적인 선거 개입, 후보자나 그 가족의 학력 등에 대해 무책임한 폭로와 비방 및 허위사실을 확대·재생산하는 흑색선전, 학연·지연 등에 의한 금권선거 등의 중점 단속대상 범죄에 해당했다. 선거사범은 공소시효[4]가 짧은 관계로, 신속히 수사하기 위해 처음부터 대질조사하는 방식으로 진행하였다.

---

3) 교육의원 선거는 2014년 제주특별자치도를 제외한 전국에서 폐지되었고, 제주특별자치도의 경우도 2026년 6월 30일을 끝으로 폐지된다[제주특별자치도 설치 및 국제자유도시 조성을 위한 특별법(법률 제18840호, 2022. 4. 20.) 부칙 제4조(교육의원 및 교육위원회 제도의 유효기간) 참조].

참고인 진술 확보 등 수사가 진행될수록 피고발인에 대한 혐의가 인정되어, 기소 시 당선 무효형이 선고[5]될 가능성도 배제할 수 없었다. 그리하여 수집된 증거를 분석하고, 막바지 보완 수사를 준비하는 등, 중대한 고비에 이르게 되었다. 그런데 그 무렵 피고발인으로부터 교양 없이 사투리 반말을 사용한, 편파수사를 한다는 취지의 진정서가 제출되었다.

피고발인의 그와 같은 진정으로 말미암아 공명선거 구현을 위해 법과 원칙에 따라, 공평무사(公平無私)한 자세로 공정하고 엄정한 수사를 진행하고 있었음에도 피고발인 조사 시 사투리 투로 신문(訊問)하였던 사실이 빌미가 되어 그 후 수사의 어려움을 겪었다.

사안이 민감하고 이목이 집중된 사건에서 입버릇이 된 사투리와 반말로 들릴 수 있는 억양 · 톤(Tone) 등의 사용으로, 피고발인이 수사에 관한 불신과 강한 오해를 하였던 것이다.

---

4) 공직선거법 제268조 제1항[이 법에 규정한 죄의 공소시효는 당해 선거일 후 6개월(선거일 후에 행하여진 범죄는 그 행위가 있는 날부터 6개월)을 경과함으로써 완성한다. 다만, 범인이 도피한 때나 범인이 공범 또는 범죄의 증명에 필요한 참고인을 도피시킨 때에는 그 기간은 3년으로 한다].

5) 공직선거법 제264조(당선인이 당해 선거에 있어 이 법에 규정된 죄 또는 「정치자금법」 제49조의 죄를 범함으로 인하여 징역 또는 100만 원 이상의 벌금형의 선고를 받은 때에는 그 당선은 무효로 한다).

뒤늦게 '교양 없이 사투리 반말을 사용하며'라는 진정서의 기재 부분도 해석되었다. 피고발인은 언어 사용에 있어 교양 없음도 지적하고 있었다.

표준어는 국민 누구나 통용적으로 쓸 수 있게 마련한 공용어(公用語)이다. 우리나라에서 시행 중인 법령[6]중에는 '표준어 규정'이라는 것이 있다. 표준어 규정에 따르면, '표준어는 교양 있는 사람들이 두루 쓰는 현대 서울말로 정함을 원칙으로 한다.'[7]라고 명시되어 있다.

이 규정에 비추어 보면, 표준어를 사용하지 아니함으로써 반어적으로 교양 없음을 스스로 드러내고 있는 격이었기 때문이다. 처지와 상황에 맞지 않는 사투리 사용은 자제되었어야 했다.

물론 방언(方言) 사용은 지역만의 애향심 고취나 언어문화 활성화 중 하나이기 때문에 필요성이 없는 것은 아니다. 그러나 공적인 활동을 하는 사람들은 표준어를 잘 익혀 사용하는 것이 필수이다.

우리 민족은 통일을 이루어야 한다. 민족의 구심점은 통일된 언어 사용 위에 있다. 남·북한 언어의 이질화도 깊다. K-드라마,

---

6) 헌법 1건, 법령(법률, 대통령령, 총리령, 부령 등) 5,194건, 자치법규(조례, 규칙, 훈령 등) 131,889건, 국가법령정보센터(www.law.go.kr) 법령통계(2022. 5. 10. 기준) 참조.

7) 표준어 규정 제1부 표준어 사정 원칙 제1장 총칙 제1항.

K-pop 등 한류 문화의 확산으로 많은 민족이 한글과 한국어를 배우고 있다. 표준어 사용이 강조되어야 할 이유이다.

해당 피고발인의 눈으로 각계각층(各界各層)을 바라본다면, 교양 없다는 말을 들을 수 있는 사람들은 아직도 많다.

온 땅의 언어는 하나였으나, 바벨탑 사건으로 흐트러졌다.[8] 언어 속의 나쁜 상징조작과 교만이 하늘을 찌르는 듯하다.

---

8) 창세기 11:1~9 참조.

02

나이

총인구에서 만 65세 이상의 인구가 차지하는 비율이 20% 이상이면 초고령사회로 분류[9]된다. 아울러 저출산율[10]이 뒤따르는 한, 우리 사회는 초고령사회를 벗어나기 어려울 것이다.

---

9) 고령인구(만 65세 이상 인구)가 총인구에서 차지하는 비율이 7%를 넘으면 고령화 사회, 14%를 넘으면 고령사회, 20% 이상이면 초고령사회로 분류한다. 현재 우리 나라 일부 시군(市郡)은 초고령사회에 이미 진입하였다(네이버 지식백과 참조).

10) 창세기 1:27~28(하나님이 자기 형상 곧 하나님의 형상대로 사람을 창조하시되 남자와 여자를 창조하시고 하나님이 그들에게 복을 주시며 하나님이 그들에게 이르시되 생육하고 번성하여 땅에서 충만하라, 땅을 정복하라, 바다의 물고기와 하늘의 새와 땅에 움직이는 모든 생물을 다스리라 하시니라) 참조.

노인은 후손의 양육과 국가 및 사회 발전에 기여한 자로서, 존경받으며 건전하고 안정된 생활을 보장받는다. 노령에 따르는 심신의 변화를 자각하여 항상 건강을 유지하고, 지식과 경험을 활용하여 사회 발전에 보탬이 되도록 노력하여야 한다.[11]

초고령사회 문턱에서 노인의 빈곤율은 높기만 하다. 경로효친에 따른 건전한 가족제도 역시 자꾸만 무너져, 노인 학대 등의 범죄[12]가 증가하고 있다. 더불어 불량한 행태의 노인 역시 급증하고 있다. 연루된 사건에서는 자신의 지식이나 경험만을 고수하려 하고, 심신을 이용하여 이해하기 어려운 독선적인 행동을 하기도 한다.

고소한 사건에서 불기소[13] 처분을 받은 노인은 불만을 품고 사건 관련자들을 상대로 수백 건을 반복적으로 고소하고, 전·현직 대통령과 각부 장관, 대법원장, 검찰총장, 국회의원, 언론사 사장 등 무려 A4 용지 3장을 채울 만큼 많은 사람들을 고발한 후 병들고서야 중단했다.

---

11) 노인복지법 제2조 제1항, 제3항 참조.

12) 노인복지법 제55조의2, 제55조의3, 제39조의9[노인(65세 이상의 사람)의 신체에 폭행을 가하거나 상해를 입히는 행위 등을 한 자는 가중 처벌된다].

13) 검찰사건사무규칙 제98조(사건의 결정) 제2호 불기소[(가. 기소유예, 나. 혐의 없음(범죄 인정 안 됨, 증거불충분), 다. 죄가 안 됨, 라. 공소권 없음, 마. 각하)] 참조.

그 마을 최연장자인 노인은 자신을 인정해 주지 않는다는 이유로 평온하게 도로로 사용되어온 토지를 자기 소유라고 주장하며, 도로를 갑자기 막아 일반교통을 방해하고, 아파트 동대표 선출에 낙선한 노인은 해당 아파트 앞 화단에 식재된 관상수가 보기 싫다는 이유로 무단 훼손했다.

특정경제범죄 가중처벌 등에 관한 법률 위반(횡령)[14] 피의사건의 회사 대표이사인 노인은 범행 발각 등의 우려가 있는 신문에 대하여 진술거부권[15]을 행사하기보다는 수시로 나이를 언급하면서 주저앉고 드러누워 조사 자체를 할 수 없게 하고, 폐지를 수집하던 노인은 배송된 택배물을 절취하는 장면이 CCTV 영상 및 피해품의 상태 등에 의해 명백히 확인됨에도, 나이 들어 눈이 어두운 탓에 버린 물건으로 알고 가져갔다고 우겨댄다. '조상 땅 찾기'의 일환으로 국가

---

14) 특정경제범죄 가중처벌 등에 관한 법률 제3조[형법 제347조(사기), 제347의2(컴퓨터 등 사용사기), 제350조(공갈), 제350조의2(특수공갈), 제351조(제347조, 제347의2, 제350조 및 350조의2의 상습범만 해당한다), 제355조(횡령·배임), 또는 제356조(업무상의 횡령과 배임)의 죄를 범한 사람은 그 범죄행위로 인하여 취득하거나 제3자로 하여금 취득하게 한 이득액이 5억 원 이상일 때에는 가중 처벌된다].

15) 헌법 제12조 제2항(모든 국민은 고문을 받지 아니하며, 형사상 자기에게 불리한 진술을 강요당하지 아니한다)에서 국민의 기본적 인권으로 진술거부권을 보장하고 있다.

를 상대로 제기한 소유권 확인 청구 소송에서 증인으로 출석한 노인은, 친구가 과수원 등의 농사일을 하면서 해당 토지를 관리 · 점유해온 사실이 전혀 없음에도 불구하고 막걸리 한잔을 대접받고는, 친구가 마을에 드나들며 과수원 등을 경영한 적이 있다고 허위 증언하기도 한다.

또한, 95세인 노인이 70세의 노인 아들을 고소[16]한 사건이 있는데, 두 사람의 나이가 뒤바뀐 것처럼 아버지가 아들보다 훨씬 젊고 건장(健壯)하였다고 한다. 대질 조사 중 나포(Rapport) 형성 시 아버지에게 건강 관리 비결을 묻자, 아들 앞에서는 그것마저 가르쳐 줄 수 없다고 말했다고 한다. 아들이 잠시 화장실에 간 사이 평생 즐겨 먹어 왔던 특정 채소를 권하면서도, 아들에게 이를 절대 발설(發說)하지 말라고 힘주어 강조했단다.

노인 아버지의 노인 자식에 대한 사랑이 혈기왕성함만큼이나 미

---

16) 형사소송법 제224조(고소의 제한)에 따라 자기 또는 배우자의 직계존속을 고소하지 못하나, 가정폭력범죄의 처벌등에 관한 특례법 제6조 제2항은 형사소송법 제224조에도 불구하고 가정폭력행위자가 자기 또는 배우자의 직계존속인 경우에도 고소할 수 있으며, 형법 제328조, 제344조, 제354조, 제361조, 제365조에서는 친족상도례(親族相盜例 : 강도죄와 손괴죄를 제외한 재산범죄에 대하여 직계혈족, 배우자, 동거친족, 동거가족 또는 그 배우자 간의 죄는 그 형을 면제하고, 그 외의 친족 간의 죄를 범한 때에는 고소가 있어야 공소를 제기할 수 있다는 특례)를 규정하고 있다.

움으로 변한 것이다. 모두 높은 경륜과 윤리 도덕을 준수하는 존경의 대상인 노인답지 않은 행동이다. 그 무엇보다도 나이 앞에서 겸손하지 않다.

그러나 노인을 꾸짖지 말고 권하되, 아버지·어머니 대하듯 하라[17] 한다. 이것은 명령이다.

오를 산(山)만 높은 것은 아니다. 오히려 낮고 넓은 바다로 내려갈수록 서 있던 자리가 오를 산보다 훨씬 높았다는 사실을 깨닫게 하는 것이 있다. 바로 나이다.

나이도 계급이다. 나이에 순응하고, 나이 먹어가는 서로를 부모, 형제자매 대하듯 하며 초고령사회 속을 앞서서 걷는다.

그 걸음, 하늘을 품은 바다와 같은 계급 높은 사람들의 걸음걸이가 아니랴.

노인이 되리.[18]

---

17) 디모데전서 5:1~2(늙은이를 꾸짖지 말고 권하되 아버지에게 하듯 하며 젊은이에게는 형제에게 하듯 하고, 늙은 여자에게는 어머니에게 하듯 하며 젊은 여자에게는 온전히 깨끗함으로 자매에게 하듯 하라) 참조.

18) 시편 92:14(그 늙어도 여전히 결실하며 진액이 풍족하고 빛이 청청하니) 참조.

원칙과 품격

03

소화(消化)

돈은 범죄의 주범이기도 하다. 돈이 있는 곳, 돈이 모이는 곳 어디나 범죄가 없는 곳이 없다. 대부분의 범죄 배후에는 돈이 관련되어 있다. 범죄로 인한 피해 금액이 적게는 수천 원에서부터 많게는 수천억 원대에 이르는 사건도 상당하다.

수백억 원을 횡령하고도 집행유예 선고를 받아 석방되는가 하면, 수만 원 상당의 물건을 훔쳐 실형을 선고받기도 한다. 형(刑)을 정함에 있어서는 범인의 연령·성행(性行), 피해자와의 관계, 범행 동기·방법 및 결과, 범행 후의 정황 등을 종합적으로 고려[19]하기 때

---

19) 형법 제51조(양형의 조건) 참조.

문이다.

　민원실에서 근무할 때의 일이다.

　50대 후반의 남자 민원인으로부터 귀농한 이웃집 사람을 재물손
괴죄로 고소하였다가, 혐의없음 처분을 받은 사건에 대한 상담을
받았다. 민원인의 진술에 의하면, 피고소인은 민원인의 가족이 병
원에서 입원 치료를 받는 틈을 이용하여 자신의 집 진입로를 확장
하기 위해 민원인의 집 담장을 고의로 파손하였다고 했다.

　이에 민원인이 피고소인에게 원상복구를 요구하였으나, 피고소
인은 차일피일 미루며 제대로 복구하지 않았다. 결국, 민원인이 추
가 공사를 하고 9만 원 상당의 공사비를 피고소인에게 요구하였다
고 했다.

　그러나 피고소인은 민원인을 무시하는 태도를 보이며 돈을 지급
하지 않았다. 피고소인을 생각만 해도 괘씸하고 소화(消化)가 되지
않아 고소하게 되었다고 했다. 민원인은 형법 조항[20])까지 언급하며
피해 금액이 적다는 이유로 혐의없음 처분을 내린 것이 아니냐고

---

20)　형법 제366조(재물손괴 등) 타인의 재물, 문서 또는 전자기록 등 특수매체기록
　　을 손괴 또는 은닉 기타 방법으로 기 효용을 해한 자는 3년 이하의 징역 또는
　　700만 원 이하의 벌금에 처한다.

항의했다.

반면, 30대 중반인 피고소인은 3년 전 귀농하여 민원인의 이웃집에 거주하였는데, 민원인의 집 담장이 관리되지 않아 해빙기에 자연적으로 무너져 내렸다고 한다. 그 탓에 피고소인의 주거지진·출입에 장애가 발생하여 피고소인이 임의로 이를 복구한 후, 민원인에게 복구비 50만 원의 절반에 해당하는 금액을 보전해 달라고 요구하였다고 한다. 그러나 민원인이 되레 추가 공사비 지급을요구하며 그와 같이 고소하였다고 주장했다.

민원인의 진술, 피고소인의 주장 및 고소 사건 처분 결과 등을종합한바, 민원인의 집 담장 일부가 파손되었다가 복구된 사실은인정되었다. 그러나 피고소인의 재물손괴 고의(故意)를 입증하기 위한 증거가 달리 없어, 혐의없음 처분된 것이 명백하였다.

따라서 민원인에게 이웃인 피고소인과 화해할 것을 권유했으나,그는 다시 항고[21]할 태세를 보이며 민원실을 빠져나갔다. 피고소인은 집 담장 옆 꽃길을 기대하고 청년 귀농한 것 같았으나 가시밭길을 걷고 있는 듯하였다.[22]

---

[21] 검찰청법 제10조 제1항(검사의 불기소 처분에 불복하는 고소인이나 고발인은 그검사가 속한 지방검찰청 또는 지청을 거쳐 서면으로 관할 고등검찰청 검사장에게 항고할 수 있다).

이웃집 담장은 비싸고 높았다.

상담이 끝나자마자 대기하고 있던 다른 남자 민원인과의 상담을 이어갔다. 해당 민원인은 평소 친분이 있는 임대인이 서류를 위조하여 제시한 사실을 알지 못하고 월세에 들어갔다. 6개월이 채 지나기 전에 월셋집이 경매로 넘어갔으며 임차보증금도 부주의하여 우선변제[23]를 받지 못하고, 한겨울에 쫓겨날 수밖에 없었던 피해를 봤다고 했다.

임대인으로부터 그야말로 '경제 살인'을 당한 것이나 다름없었다. 민원인은 고소하면 임대인이 중한 처벌을 받을 수 있다는 것쯤은 예상하면서도 민원상담을 해 왔다.

그리하여 주로 문서위조죄, 위조문서행사죄의 개요, 특히 사기죄의 요건으로서 부작위에 의한 기망과 법률상 고지 의무가 인정되는 경우,[24] 구속 절차 등 형사법 일반 사항에 관하여 설명하며 상담을 마쳤다. 그러자 민원인은 "고소해 봐야 어쩌겠나, 가진 돈이 없다는데. 살다 보면 동전의 양면이라는 것도 있고….″라고 혼잣말하

---

22) '30대 귀농 13% 증가, 창업하듯 첨단 영농 몰두', 2021. 10. 22. 중앙일보 1면 기사 참조.

23) 주택임대차보호법 제3조(대항력 등), 제8조(보증금 중 일정액의 보호), 같은 법 시행령 제10조(보증금 중 일정액의 범위 등), 제11조(우선변제를 받을 임차인의 범위).

며 고소할 뜻이 없음을 내비치고, 민원실에서 잠시 서성거리다가 그대로 돌아갔다. 그의 뒷모습은 무거워 보였으나 발길만은 가벼워 보였다.

사건 속을 비롯하여 어디서나 돈은 몰입시키는 힘이 너무 커, 사람들로 하여금 돈보다 귀한 것들을 망각하게 만든다. 때로 돈의 영향력은 절대적이고, 만능처럼 보이게 한다. 그러므로 돈은 사람들의 탐심(貪心)을 그만큼 강렬히 자극한다. 강한 탐심 때문에 사람들은 돈에 미혹(迷惑) 받아 근심하고 고통을 당하게 된다.[25]

돈의 미혹에 쉽게 넘어가는 것은 큰돈, 적은 돈을 불문한다. 유권자들로부터 존경을 받고 청렴결백하기로 소문난 기초자치단체장

---

24) 사기죄의 요건으로서의 기망은 널리 재산상의 거래관계에 있어 서로 지켜야 할 신의와 성실의 의무를 저버리는 모든 적극적 또는 소극적 행위를 말하는 것이고, 이러한 소극적 행위로서의 부작위에 의한 기망은 법률상 고지의무 있는 자가 일정한 사실에 관하여 상대방이 착오에 빠져 있음을 알면서도 이를 고지하지 아니함을 말하는 것으로서, 일반거래의 경험칙상 상대방이 그 사실을 알았더라면 당해 법률행위를 하지 않았을 것이 명백한 경우에는 신의칙에 비추어 그 사실을 고지할 법률상의 의무가 인정되는 것이다(대법원 1998. 12. 8. 선고 98도3263 판결 등 참조).

25) 디모데전서 6:10(돈을 사랑함이 일만 악의 뿌리가 되나니 이것을 탐내는 자들은 미혹을 받아 믿음에서 떠나 많은 근심으로써 자기를 찔렀도다), 히브리서 13:5(돈을 사랑하지 말고 있는 바를 족한 줄로 알라 그가 친히 말씀하시길 내가 결코 너희를 버리지 아니하고 너희를 떠나지 아니하리라 하셨느니라) 참조.

도 방심하는 사이, 친분 있는 사람으로부터 떡값 등의 명목으로 초콜릿 포장지에 싸인 소액의 금품을 받아먹어 왔다. 그러던 어느 날 인허가 청탁과 함께 쇼핑백에 담겨 제공되는 거액의 금품을 거절하지 못하고 받았다가, 그만 기초자치단체장의 삶이 끊어지고 말았다. 소화되지 않는 돈은 결국 치명적인 병이 된다. 돈도 '어떻게 소화되느냐'의 문제 위에 있다.

부익부 빈익빈 현상은 어느 분야에서나 확대되고 심화하고 있다. 그러나 세상에는 돈으로 만들거나 살 수 없는 것들이 너무도 많다.

「우리가 세상에 아무것도 가지고 온 것이 없으매 또한 아무것도 가지고 가지 못하리니, 우리가 먹을 것과 입을 것이 있은즉 족할 줄로 알 것이니라.」

「그가 모태에서 벌거벗고 나왔은즉 그가 나온 대로 돌아가고 수고하여 얻은 것을 아무것도 자기 손에 가지고 가지 못하리니.」[26]

---

26) 디모데전서 6:7~8, 전도서 5:15.

원칙과 품격

04

손?

도박과 사행행위 영업을 규제[27]하고는 있으나, 법령에 따라 복표 등을 발매하지 못하는 것은 아니다. 로또복권을 포함하여 매주 발행되는 복권의 종류만도 수를 헤아릴 수 없을 정도이고 카지노업, 경마 · 경륜 · 경정업도 성업[28] 중이다.

여기에 편승하여 인터넷 도박, 각종 스포츠 도박, 소싸움 도박, 투견 도박, 윷놀이 도박, 원정 도박 등 도박 행위가 없는 곳이 없다.

---

27) 사행행위 등 규제 및 처벌 특례법, 게임산업진흥에 관한 법률, 풍속영업의 규제에 관한 법률 등 참조.

28) 관광진흥법, 한국마사회법, 경륜 · 경정법 등 참조.

첨단 과학기술까지 도박 행위에 이용되고 있으니 말이다.

전국은 그야말로 연중 도박 광풍(狂風)에 휩싸여 있다고 해도 과언이 아니다. 주식 및 가상화폐 등 투자 열풍(熱風)도 이에 못지않다.

송치된 사건과 관련하여, 불법 사설 경정 맞대기 도박사범[29]들을 추가 적발한 적이 있다. 주범 중 한 명인, 경정 사업자에 해당하는 '센터장'을 중심으로 사용된 맞대기 도박자금이 수백억 원으로 추산되었다. 거기다 거래 계좌만 100여 개 이상이었으므로, 그들이 취득한 금액 역시 상당할 것으로 추정되었다.

그러나 사설 경정 맞대기 도박사범들은 자금 대부분을 잃거나 탕진한 상태였다. 심지어 사채업자로부터 빌린 도박자금을 제때 갚지 못해 쫓겨 다니고 있는 경우도 적지 않았다.

해당 센터장의 경우 사설 경정 외 사설 경마·경륜, 맞대기 도박에까지 빠져 가정이 파탄 났고, 도박 중독 때문에 경제생활 자체가 불가능하여 고시원 등을 전전하기도 했다. 그러다 또다시 주위 사람들에게 거짓말을 하고 도박자금을 빌려 맞대기 도박을 일삼았다고 했다.

그는 청춘을 도박으로 허비한 것도 한스럽지만, 배우자가 심한

---

29) 사업자의 창구를 통하지 않고 도박장을 개장한 자에게 직접 마권 등을 구입하여 그 도박에 가담·참여하는 도박 방식을 일컫는다.

원칙과 품격

스트레스를 받아 암에 걸리고 투병 중일 때 병원비마저도 맞대기 도박 자금으로 탕진함으로써, 병원에서 쫓겨났던 일이 돌이킬 수 없는 짓인 것 같다며 가장 후회스럽다고 하였다. 그동안 도박에서 벗어나지 못한 자신의 손을 도끼로 찍어 자르고 싶은 심정이라며 스스로 원통해하였다.

도박은 늪과도 같다. 도박과 손을 잡고 있을수록, 늪 속에 점점 빠져들어 죽어가게 된다.

사회 지도층과 특정직 공무원이 포함된 남녀 혼성 상습도박단을 추적 중, 2층 아파트에 도박 장소 '하우스' 개장이 있을 것이라는 범죄 신고를 접수하였다. 그러나 해당 장소에서의 범행 실행 여부 확보에 실패하여, 첫날은 단속에 실패했다.

그런데 다음 날, 하우스를 다른 아파트 5층으로 옮길 것이라는 범죄 신고가 곧바로 접수되었다. 그에 따라 아파트 부근에서 약 2시간 정도 잠복하였고, 도박꾼들이 한두 명씩 짝을 지어 5층 하우스로 들어가는 것을 확인할 수 있었다.

30분 후 급습하였지만, 독 안에 든 도박꾼들은 예상대로 아파트 현관문을 열어주지 않았다. 부득이하게 아파트 출입문을 개폐(開閉)[30]하고 도박 현장에 들어갔다. 그런데 남자 도박꾼 한 명이 갑자기 아파트 앞 베란다 창문을 열고 그대로 뛰어내린 것이었다.

"어엇, 저 사람 미친 것 아니야!"

예기치 못한 불상사였다. 추락사한 것이 분명해 보였으나, 다행히 화단 나뭇가지에 의해 충격이 완화되면서 생명을 잃지는 않았다.

이후 그를 상대로 도주 경위 등에 관하여 확인한바, 전날 아파트 2층 하우스에서 도박을 하다가 같은 날 다른 아파트의 5층 하우스로 옮긴 것을 잊고, 2층으로 착각하여 그대로 뛰어내렸단다. 이처럼, 도박의 늪 속에서 끝내 손을 놓지 아니하면 죽음을 겪게 될 수도 있다.

수십억 원의 피해를 본 사기도박 사건의 고소인 진술을 확보하고, 피고소인들을 소환할 무렵 돌연 고소인으로부터 탄원서가 접수되었다. 고소인은 손 도박의 고수였고, 많은 도박꾼에게 피해를 줬다고 하였다.

그런데 적외선 조명기, 비디오카메라로 특수화투를 촬영하여 승패 결과를 자동 계산해 내는 컴퓨터 프로그램을 이용한, 한 수 위 사기 도박꾼들에게 걸려들었다고 밝혔다. 그동안 사기도박용 마킹 카드, 속칭 '목카드'를 사용하여 따낸 돈과 거액의 사채 도박 자금까지 다 잃고 난 후 심한 자괴감과 우울증으로 치료받고 있다고 호소

---

30) 형사소송법 제120조 제1항(집행과 필요한 처분), 제216조(영장에 의하지 아니한 강제처분), 제219조(준용규정).

했다. 그러면서 도박꾼들은 서로가 가정파괴범이나 마찬가지이므로, 자신은 물론 컴퓨터 사기 도박꾼들을 반드시 처벌해 달라는 내용이었다.

그 후 피고소인들을 소환 조사하였으나, 도박행위 자체는 인정하면서도 컴퓨터 프로그램을 이용한 사기도박 혐의는 극구 부인하였다. 그리하여 피고소인의 변명에 대한 고소인의 구체적인 피해 진술을 듣고자 하였다.

그러나 소환 이틀 전, 고소인은 천하보다도 귀한 생명을 끊고 도박 인생을 마감하고 말았다. 도박으로 인생 자체를 잃은 것이다.

도박 폐해의 부메랑은 오늘도 도박 늪 속에 빠진 모든 종류의 도박꾼들을 향하여 돌아가고 있다.

손?[31]

「그 손이 행한 대로 자기가 받느니라.」

---

[31] 잠언 12:14(사람은 입의 열매로 말미암아 복록에 족하며 그 손이 행한 대로 자기가 받느니라), 신명기 12:7(너희의 하나님 여호와께서 너희의 손으로 수고한 일에 복 주심으로 말미암아 너희와 너희의 가족이 즐거워할지니라), 이사야 1:15(너희가 손을 펼 때에 내가 내 눈을 너희에게서 가리고 너희가 많이 기도할지라도 내가 듣지 아니하리니 이는 너희 손에 피가 가득함이라), 시편 18:20(여호와께서 내 의를 따라 상 주시며 내 손의 깨끗함을 따라 내게 갚으셨으니), 시편 128:2(네가 네 손이 수고한 대로 먹을 것이라 네가 복되고 형통하리로다), 에베소서 4:28(자기 손으로 수고하여 선한 일을 하라).

05

긴가민가[32]

며칠째 쌀쌀한 날씨가 이어지고 있다. 출근길, 도보로 지하철 역사에 갔다. 인도(人道) 옆 언덕배기에 옹기종기 서 있는 단풍나무의 잎들이 휘몰아치는 찬바람을 맞고 떨어져, 도로 가장자리 쪽으로 무수히 뒹굴고 있었다. 지금이 봄인지 늦가을인지 분간 못할 정도이다. 온종일 감기에 걸린 것인지, 아닌지 긴가민가한 상태로 지냈다.

퇴근 시간, 동창의 친구가 법률상담 후 가는 길에 들렀다면서 찾아왔다. 이어지는 글부터는 친구라고 명시하겠다. 친구는 안부를 물을 틈도 주지 않고 책임이라도 추궁하듯, 격한 어조로 피해 경위

---

32) 긴가민가 : '其然가 未然가' 한자어 준말 (Daum 우리말 사전 참조).

원칙과 품격

에 대하여 조목조목 설명하기 시작하였다.

친구는 선배의 소개를 받아 농축산물 유통업자에게 매입대금을 차용하고, 금융기관으로부터 대출을 받아 상가를 매입했다. 이후, 해당 유통업자로부터 식자재 등을 외상매입으로 공급받아 판매하는 중형 마트를 운영하게 되었다고 하였다. 마트는 개업과 동시에 매출이 증가하기 시작하였고, 상당한 영업이익이 발생하여 차용금에 대한 이자금도 매월 정상적으로 지불하고 있었다고 하였다.

그런데 3년이 되었을 때쯤, 마트의 영업 상황과 자금 사정을 속속들이 알고 있던 유통업자가 변제기일 연기 없이 차용금 일시 상환을 요구하였다. 그 무렵 마트는 정상적으로 운영되었지만, 유통업자의 요구를 들어줄 수 있는 형편은 아니었다고 한다.

그러자 유통업자는 조직폭력배 같은 사람들을 대동하고 마트에 찾아와 위세를 과시하며 독촉했고, 곧바로 민사소송절차 등을 진행하더니 마트를 제 친척 명의로 낙찰받아갔다. 친구는 그동안 심혈을 기울여 좋은 상권을 형성해 놓은 마트를 송두리째 빼앗겨, 큰 손해를 입게 되었다고 하였다.

또한, 유통업자는 적반하장(賊反荷杖)으로 친구가 외상매입 대금 등을 갚을 의사나 능력도 없으면서, 식자재 등을 계속 공급받아 편취하였다는 이유로 고소까지 하였다고 한다.

친구의 진술을 종합하면, 유통업자는 사정이 취약한 마트 소유자 등을 상대로 자금을 빌려주며 무등록 대부업[33]을 하다가, 마트 소유자가 좋은 상권을 형성해 놓으면 어려운 자금 사정을 악용하여, 차용금에 대한 약속어음 공정증서를 가지고 집행권원으로 신속히 강제경매 등에 이른다. 그리고 경매에 개입하여 마트를 조직적으로 빼앗아가는 속칭 '마트 사냥꾼', 내지는 조직폭력배와 결탁하여 경제적으로 궁박한 처지에 있는 채무자들을 상대로 고리대금업을 하는 악질 사채업자일 가능성이 있다.

그러나 그때까지 유통업자의 무고(誣告) 혐의가 발견되지 않는 이상, 유통업자만의 고소 경위 등이 있을 수 있으므로 친구에게 직접적인 사안의 답변을 하기에는 다소 어려움이 있었다. 또한, 정상적인 거래 관계에 있다가 중간에 상대방의 약점이나 약속 불이행을 이유로 불법 행위를 실행하고 부인할 때는, 불법 행위를 처음부터 저지른 경우보다 밝히기 훨씬 어렵다.

친구의 피해 상황도 그와 유사하여, 친구가 적극적으로 유통업자의 범의나 범행 방법을 밝히고 이를 입증하는 게 중요했다. 따라서 친구가 스스로 관련 증거를 확보할 수 있도록 판례와 몇 가지 경험

---

33) 대부업 등의 등록 및 금융이용자 보호에 관한 법률 제19조 제1항 제1호, 제3조 (등록을 하지 아니하고 대부업등을 한 자는 5년 이하의 징역 또는 5천만 원 이하의 벌금에 처한다).

사례를 꺼내 들었다.

"동창 중에 교통사고 조사 경찰관이 있습니다. 그런데 그가 운전 중 비교적 중하지 아니한 교통사고[34]를 당했을 때마저도, 그 순간 사고 처리를 어떻게 하여야 할지 아무 생각도 나지 않아 무척 당황하였다고 합니다. 경찰관인데도 말입니다. 그러면서 누구나 어떠한 일을 당하거나 만나거든, 무엇이 원칙적인 행동인지를 생각하며 차분히 대처하는 것이 중요하다는 말을 하였습니다."

"조금은 냉정해질 필요가 있습니다. 요즈음 자신의 잘못을 인정하는 사람이 거의 없습니다. 그 유통업자 역시 자신의 범죄를 인정하지 않을 것이므로, 이를 입증하기에는 상당한 어려움이 예상됩니다. 그렇게 고의를 부인하는 경우, 범의 자체를 객관적으로 증명할 수 없어, 사물의 성질상 범의와 상당한 관련성이 있는 간접사실, 혹은 정황 사실을 증명하는 방법으로 입증할 수밖에 없습니다."

"그리고 고의의 일종인 미필적 고의는 중대한 과실과는 달리 범

---

34) 교통사고처리 특례법 제3조 제2항 제1호(신호위반), 제2호(중앙선 침범), 제3호(속도위반 : 제한속도를 시속 20㎞ 초과 운전), 제4호(앞지르기 방법 또는 금지위반), 제5호(건널목 통과방법위반), 제6호(횡단보도에서의 보행자 보호의무위반), 제7호(무면허운전), 제8호(음주운전), 제9호(보도를 침범하거나 보도 횡단방법위반), 제10호(승객의 추락 방지의무위반), 제11호(어린이보호구역에서 어린이의 안전유의운전위반), 제12호(적재물 낙하 방지의무위반) 외 교통사고.

죄 사실의 발생 가능성에 대한 인식이 있고, 나아가 범죄 사실이 발생할 위험을 용인하는 내심의 의사가 있어야 합니다."[35]

이쯤 이야기하자 친구는 어느 정도 평정심은 찾은 것 같았으나, 긴가민가한 표정을 짓고 있었다. 그렇지만 계속하여 같은 방법으로 설명해 주기로 하였다. 다소 어렵다고 느껴진 사안들이 결국 이해되면 오래 기억되고, 결정적인 순간에 신속·정확하게 방향 설정을 해주는 경향도 있기 때문이다.

"사실, 간접 사실이나 정황 사실을 찾기는 쉽지만은 않습니다. 아파트 시행사에도 '떴다방'이 있습니다. 떴다방 아파트 시행사는 정상적인 아파트 시행사가 사업 시행을 위해 용지 작업하고 있는 틈을 이용하여, 일부 핵심 용지를 매입하는 속칭 '알박기'를 해 놓는 것입니다. 마치 공직자가 거액의 보상비 등을 받기 위해 직무수행 중 알게 된 비밀, 또는 소속 공공기관의 미공개정보를 이용[36]하여 부동산을 몰래 매입해 두는 것과 마찬가지로 말입니다."

"정상적인 아파트 시행사는 뒤늦게 그 사실을 알고 떴다방 아파트 시행사를 고소합니다."

---

35) 대법원 2017. 1. 12. 선고 2016도15470 판결 등 참조.
36) 공직자의 이해충돌 방지법 제27조(벌칙) 제1항, 제14조(직무상 비밀 등 이용 금지) 제1항.

"이때 떴다방 아파트 시행사는 고소 등으로 인해 신용훼손이 되었다는 취지로 맞고소를 합니다. 사업수행에 방해받아 손해를 입게 되었다며 이를 배상해 달라는 이유로 민사소송절차를 진행하는 등, 정상적인 아파트 시행사를 분쟁 상대로 끌어들입니다."

"정상적인 아파트 시행사는 시간이 흐를수록 사업 차질이 우려되어 떴다방 아파트 시행사가 요구하는 대로 거액의 합의금을 지급하고, 알박기 용지를 매입할 수밖에 없는 것입니다. 떴다방 아파트 시행자의 범행을 밝히기에는 상당한 시간이 필요합니다."

"우리나라는 범죄 대상지가 그리 넓지 않습니다. 5년 후쯤 떴다방 아파트 시행사는, 정상적인 아파트 시행사의 관계 회사가 시행하는 다른 아파트사업 용지에서 이전과 똑같은 방법으로 기생하듯 알박기를 하고, 또다시 거액의 매매대금을 받았습니다. 그러다 떴다방 아파트 시행사의 업무 담당 직원이 범행을 신고하여 비로소 부당이득죄[37] 등으로 처벌받게 되었습니다."

"또한, 그런 틈새를 노리는 악질 범죄꾼이 갈수록 늘어나고 있습니다. 자동차보험 등의 각종 보험사기꾼도 마찬가지입니다만, 일례

---

37) 형법 제349조(부당이득) 제1항(사람의 곤궁하고 절박한 상태를 이용하여 현저하게 부당한 이익을 취득한 자는 3년 이하의 징역 또는 1천만 원 이하의 벌금에 처한다), 제2항(제1항의 방법으로 제3자로 하여금 부당한 이익을 취득하게 한 경우에도 제1항의 형에 처한다).

(一例)로 대리기사는 그가 운전하여야 할 차량 등으로 손님의 재력이나 지위를 어느 정도 알 수 있는 경우가 많습니다. 범행 대상의 물색이 그만큼 쉬운 것이죠. 대리운전 중 기회를 포착하여 술에 취한 손님에게 의도적으로 시비를 걸어 폭력을 유도한 다음, 즉시 신고를 하고 피해 경위 진술 시 일방적으로 폭행당해 신고하였다고 주장하며 진단서를 제출합니다.”

“악질 대리기사의 계획이 수반된 범행이지만, 당시 술에 취해 있던 손님은 대리기사의 주장을 뒤엎을 만한 마땅한 증거를 찾지 못합니다. 이처럼 정상적으로 일하면서 틈을 이용하여 계획된 범행을 실행하고 일탈, 배신하는 경우 혐의를 인정하기는 참으로 힘듭니다. 이 경우도 대리기사의 계획된 범행을 쉽게 밝히기 위해서는 동일 수법으로 피해를 본 다른 사람을 찾아내야 합니다.”

친구는 피해를 입증하기 위해 무엇을 해야 하는지 잠시 메모 후 대답했다.

“네, 그렇군요. 서울에서도 저와 비슷한 상황에서 그 유통업자로부터 피해를 본 사람들이 있다는 이야기를 들었습니다. 그 사람들을 한번 만나봐야겠습니다.”

“정말 알 수 없는 것이 사람이군요. 마트 개업 시에 그렇게 도와주었던 사람이 돌변하여 어떻게 이럴 수가 있는지. 속말로 키워서 빼앗아가는 세상이니 놀랍고 무섭습니다.”

친구도 교회 집사인 터라 기독교 관련 대화를 이어갔다.

"이런 것들뿐이겠습니까. 사이비 이단들은 정상적인 것처럼 가장하여 교회 내에 침투하고 중직까지 오른 다음, 최종적으로는 목회자를 축출하여 교회를 무너뜨리고 빼앗아가는 기생의 전략과 전술도 사용한다는 것입니다. 가끔 영적 사기 피해를 본 가족들의 사연을 듣다 보면, 그 고통이 얼마나 큰지 모릅니다."

"신앙의 긴가민가한 자세를 가지고 있는 기독교인이 그들의 우선 포섭 대상이 되기 쉽습니다. 그들에게는 물론, 세상 사람들에게도 빈틈을 보이지 말아야 합니다."

"네, 공감합니다. 사이비 이단들은 사업장 속에서도 그 틈을 이용하여 갈수록 교묘히 접근하고 활동하는 것 같습니다. 그 유통업자는 제가 교회에 다니는 것을 알고 전에 자신도 교회에 나갔었다고 말하며, 마트 개업식 날 성경 말씀이 새겨진 액자까지 선물해 주었습니다. 그래서 유통업자를 좀 더 신뢰했던 것도 사실입니다."

"사무실 벽에는 성경 말씀의 액자를 걸어 놓고 반대편 벽에는 달마도 그림을 붙이고, 책상 위에는 성모 마리아상을 올려놓고, 사업상 유리한 대로 종교를 밝히며 박쥐 같은 이중, 삼중의 종교 생활을 하는 사람도 있습니다. 잘 아시다시피 표심 때문에 이런저런 종교를 이용하는 정치인들도 많고요."

"기독교인인지 아닌지 긴가민가한 사람이 참 많습니다. 이제 정말로 곳곳에서 그리스도인의 정체성[38]이 드러나야 합니다."

"네, 그렇습니다. 오늘 짧았지만 많은 것들을 돌아보는 시간이 되었습니다. 그리고 실례를 무릅쓰고 찾아뵌 점 죄송합니다. 날씨가 아직도 쌀쌀하네요. 감기 조심하십시오."

"안녕히 가십시오."

사무실 밖은 벌써 어둑해졌고, 가로등 불빛이 막 환하게 켜지고 있을 때 그 주변으로 봄꽃들이 만개한 것이 보였다.

완연한 봄이 확실하다.

---

38) 마태복음 5:13~16(너희는 세상의 소금이니 소금이 만일 그 맛을 잃으면 무엇으로 짜게 하리요 후에는 아무 쓸데없어 다만 밖에 버려져 사람에게 밟힐 뿐이니라 너희는 세상의 빛이라 산 위에 있는 동네가 숨겨지지 못할 것이요 사람이 등불을 켜서 말 아래 두지 아니하고 등경 위에 두나니 이러므로 집 안 모든 사람에게 비치느니라 이같이 너희 빛이 사람 앞에 비치게 하여 그들로 너희 착한 행실을 보고 하늘에 계신 너희 아버지께 영광을 돌리게 하라), 고린도후서 4:18(우리가 주목하는 것은 보이는 것이 아니요 보이지 않는 것이니 보이는 것은 잠깐이요 보이지 않는 것은 영원함이라), 고린도후서 6:8~10(우리는 속이는 자 같으나 참되고 무명한 자 같으나 유명한 자요 죽은 자 같으나 보라 우리가 살아 있고 징계를 받는 자 같으나 죽임을 당하지 아니하고 근심하는 자 같으나 항상 기뻐하고 가난한 자 같으나 많은 사람을 부요하게 하고 아무것도 없는 것 같으나 모든 것을 가진 자로다), 갈라디아서 3:29(너희가 그리스도의 것이면 곧 아브라함의 자손이요 약속대로 유업을 이을 자니라), 에베소서 1:7(우리는 그리스도 안에서 그의 은혜의 풍성함을 따라 그의 피로 말미암아 속량 곧 죄사함을 받았느니라), 베드로전서 2:9(그러나 너희는 택하신 족속이요 왕 같은 제사장들이요 거룩한 나라요 그의 소유가 된 백성이니 이는 너희를 어두운 데서 불러 내어 그의 기이한 빛에 들어가게 하신 이의 아름다운 덕을 선포하게 하려 하심이라) 등 참조.

06

소풍 가는 날

백화점, 마트 등 대형 유통업체들은 마케팅의 하나로 사계절 경품전쟁을 벌이고 있다. 경품(景品)추첨, 뽑기는 잔치나 축제 분위기를 돋우는 데도 한몫한다.

초등학교 때, 봄 소풍은 매년 산사(山寺)로만 갔다. 봄 소풍 가는 날이면 학교 정문에는 아침 일찍부터 어린이 장터가 즐비하게 들어섰다. 그 분위기에 휩싸여, 목적지로 출발하기도 전에 풍선 구매와 경품 뽑기로 부모님이 주신 용돈을 다 써버리곤 하였다.

그렇다고 하더라도 봄 소풍은 항상 즐거웠다. 점심시간이 기다리고 있었기 때문이다. 부모님이 정성스레, 그것도 쌀밥으로 싸서 준 나무 도시락을 친구들과 옹기종기 모여 먹던 시간만큼은 지금까지도 제일 즐거운 점심시간으로 기억되고 있다.

점심시간 후에는 개인별, 학년별 장기자랑이 진행된다. 장기자랑에 나간 친구들은 공책, 바가지 등 상품을 많이 받았기에, 부모님으로부터 받은 용돈을 다 사용해도 괜찮았다. 그때 그 친구들이 매우 부러웠다.

장기자랑이 끝나면 전 학년 보물찾기가 있었다. 보물이 숨겨진 지점을 선생님이 개략적으로 알려주면서, 저학년부터 고학년 순으로 출발한다.

이미 누군가 보물을 찾고 지나간 자리에서 '앗! 보물 찾았다.'라는 말로 주변을 깜짝 놀라게 하며 기뻐했던 몇몇 친구들의 얼굴도 기억된다. 하지만 아쉽게도, 기억 속 친구들을 다시 만나면 서로 알아보지 못할 것 같았다. 그만큼 세월이 흘렀다.

초등학교 내내 한 번도 보물을 찾지 못했다. 그런데 이웃에 사는 친구는 소풍 때마다 보물을 몇 개씩 찾았고, 소풍이 끝난 후엔 동네 어귀를 빙빙 돌며 상품을 자랑한 후 집으로 갔다. 그럴 때마다 그 친구와 함께 가기 싫어서 혼자 일찍 집으로 돌아왔고, 그 사이 못된 시기와 질투심만 쌓였었다.

올해 봄 연휴 기간, 그렇게 매번 봄 소풍을 갔던 산사 주변에 우연히 들를 기회가 있었다. 파릇파릇 돋아나는 새싹들, 종달새 소리, 약수터 옆 대나무, 당시에는 무슨 나무인지 몰랐던 백일홍 나무[39]

가 반겨 주었다.

친구들과 함께 백일홍 나무에 기대 서 있기도 하고, 나무에 간지 럼을 탔던 기억들이 하나씩 되살아났다. 친구들과 점심 식사하던 곳, 장기자랑이 있었던 장소도 어렴풋이 기억되었다. 그리고 선생 님이 보물을 숨겨 놓았을 것 같은 장소가 그제야 눈에 들어왔다. 이 웃에 살던 친구가 보물을 잘 찾았던 방법도 알게 되었다. 의외로 쉬 웠다.

그 친구는 선생님들이 장기자랑 시간에 보물을 숨긴다는 사실을 알고, 다른 친구들이 장기자랑에 눈을 떼지 못하고 있을 때 선생님 이 보물을 숨기는 길과 장소를 주목했다. 이후 그곳을 따라 보물을 찾으러 갔으니, 쉽게 발견하는 것은 당연했다.

산사를 내려와 작은 동산에 이를 무렵, 유치원 아이들 12명이 선 생님과 함께 봄 소풍을 온 것이 보였다. 아이들은 본인이 먼저 선생 님께 봄을 묻고 대답하려고 하였다. 그 속에도 시기 · 질투가 싹트 고 있는 것 같았으나, 선생님께 가까이하고 싶어 하며 떠드는 소리 만큼은 듣기 좋았다.

연휴 마지막 날, 컴퓨터 앞에 앉아 위성지도[40]를 펼쳤다. 우리나

---

39) 일명 배롱나무[꽃말: 떠나간 벗(임)을 그리워함], 네이버 지식in 참조.

라와 일본, 중국의 전역이 한 장에 들어왔다. 우리나라의 위성지도를 확대하여, 주거지를 비롯해 형제들이 사는 여기저기를 보다가 모교인 초등학교, 소풍 갔었던 산사 및 그 주변, 작은 동산 등, 연휴 기간에 방문하였던 곳들을 구석구석 들여다봤다. 초등학교 시절 기억나지 않았던 것까지 다 내려다보이는 듯했다. 그 순간 인류의 모든 길을 주목하시고, 인생을 굽어살펴 보신다는 말씀이 실감 났다.[41] 연휴증후군(連休症候群)도 사라졌다.

지금은 보물을 잘 찾는다. 초등학교 때 선생님이 보물을 감추러 간 길과 장소를 알기 때문이다.

지난 주일, '찬양축제' 시 처음으로 교구 찬양팀에 참석하여 율동을 따라 하고 찬양하며 즐거운 하루를 보냈다.[42] 모두가 봄 소풍 나온 유치원생들 같았다. 우리 교구는 그날 축복상을 받았고, 덤으로 경품 추첨에서 새봄맞이 고급 자전거까지 받았다. 월요일에는 아침

---

40) 네이버, Daum 위성지도.

41) 예레미야 32:19(주는 책략에 크시며 하시는 일에 능하시며 인류의 모든 길을 주목하시며 그의 길과 그의 행위의 열매대로 보응하시나이다), 시편 33:13~14(여호와께서 하늘에서 굽어보사 모든 인생을 살피심이여 곧 그가 거하시는 곳에서 세상의 모든 거민들을 굽어살피시도다) 참조.

42) 신명기 27:7(또 화목제를 드리고 거기에서 먹으며 네 하나님 여호와 앞에서 즐거워하라) 참조.

일찍부터 서울과 일산 등지로 또 소풍을 간다.[43)]

「의인의 집에는 많은 보물이 있어도 악인의 소득은 고통이 되느리라.」[44)]

---

43) 사무실에서는 압수수색, 신병검거가 있는 날을 '소풍 가는 날'이라는 은어를 사용했다.

44) 잠언 15:6.

07

요양원에서

4월 말, 따뜻한 햇볕에 온 세상이 어머니의 품 안 같다. 아지랑이가 활활 춤을 춘다. 어머니가 부모님 집으로 가고 싶다고 하여 승용차로 어머니를 모시고 하경(下京)하던 중, 어머니가 다음 고속도로 휴게소에서 잠깐 쉬어 가자고 하셨다.

마침 점심 무렵이어서 휴게소에 들러 간단히 식사할 생각이었다. 식당에 들어서고 자리를 막 잡았을 때, 어머니가 아버지 이야기를 꺼내셨다.

"누나들 집에 갔다가 내려가면서, 여기 이 자리에서 화장실에 간 손자가 제시간에 돌아오지 않아, 네 아버지는 누가 손자를 데려간 줄 알고 얼굴이 노랗게 변하면서 놀라셨어. 그 모습을 본 것이 엊그

제 같은데 벌써 12년이 지났구나. 네 아버지는 유별나게 자식들을 참 귀히 여겼다. 자식들을 낳았을 때마다 좋아하셨던 모습이 눈에 선하다."

어머니는 나지막하게 말씀하시며, 물만 드시고 입맛이 없다며 출발을 서두르셨다. 아버지와의 추억이 떠올라 그 휴게소에 잠깐 들르셨던 것인지, 아버지가 입맛이 없다며 물만 드셨기 때문에 본인 또한 그러신 것인지 알 수 없었다.

고속도로상을 한참 주행 중일 때 어머니는 혼잣말로 "참 도로를 잘 내놓았네."라고 말씀하셨지만, 계속 아버지를 생각하시는 듯하여 물었다.

"어머니, 아버지도 여행은 좋아하셨지?"

어머니는 곧바로 대답하셨다.

"좋아하셨지, 좋아하고말고. 네 아버지와 함께 마지막으로 여행 갔던 곳이 통일 전망대였지. 여행 때는 네 아버지가 선물을 안 빠뜨리고 사줬지."

"아버지가 어머니에게 선물을 다 사주셨다는 말이에요?"

"그럼, 네 아버지가 그런 면도 있으셨다."

아버지가 어머니에게 선물을 사주셨다는 것을 그때 처음 알았다. 어머니는 그 후로도 한참이나 아버지에 대해 말씀하셨다.

부모님 집 근처에 도착했을 때쯤, 어머니가 짜장면이 드시고 싶다고 하여 근처 중국집에 들렀다. 어머니는 짜장면을 드시면서, 아버지와 함께 그 중국집에 한두 번 왔던 적이 있다고 하셨다. 그런 점으로 미루어 보아, 휴게소는 아버지와의 추억 때문에 들르신 게 맞는 것 같았다. 짜장면을 먹고 난 후 곧바로 부모님 집으로 향하였다.

그날 새벽, 부모님 집에 머무르며 상경(上京)할까 하는 생각이 있었으나, 집으로 올라왔다. 돌아오는 길은 마음이 무겁기도, 홀가분하기도 하였다.

어머니에게 한동안 안부 전화를 드리지 못했다. 그런데 어머니가 부모님 집으로 내려가신 지 두 달이 지났을 무렵, 어머니가 출석하는 교회의 담임 목사님과 사모님으로부터 느닷없이 전화가 걸려 왔다.

어머니가 2주일째 교회에 나오시지 않아 심방했는데, 부모님 집, 현관 출입문과 창문이 모두 잠겨 있고 인기척이 없었다고 한다. 창문을 깨고 들어가 보니 안방에 쓰러져 있는 어머니가 발견되어, 병원으로 후송 조치하였다고 하셨다.

당장 병원으로 달려갔다. 아버지가 돌아가셨다는 소식을 듣고 내려가던 때만큼이나 마음이 참담하였다. 병원에서 어머니의 모습을 보는 순간, 어머니를 모셔다드리고 상경할 때 홀가분하였던 한쪽 마음이 떠올라 두고두고 후회할 것 같았다.

어머니는 시집오기 전 외할머니와 함께 외갓집에서 멀리 떨어진 교회를 섬기시다가 결혼 후 미신에 빠지셨다. 어머니와 아버지는 나와 동생이 공무원 시험에 합격하자마자 즉시 미신 신봉을 청산하셨다. 믿음이 회복되어 교회에 출석하기까지는 담임 목사님과 사모님의 심방 및 어머니 친구분의 꾸준한 전화 전도가 있었다.

그리고 어머니가 다시 교회에 나가실 때, 옆에는 나와 아내가 있었다. 예배를 마치고 나오던 길, 어머니는 "왜 진작 교회에 나오지 않았는지 모르겠다. 한번 떠났다가 다시 나오는 데까지, 차로 5분이면 올 거리를 50년 걸렸다."라고 말씀하셨다.

어머니가 교회에 출석하자 친척이나 동네 사람들은 '세상에 별일 다 있다. 그렇게 미신만 섬기더니만 어떻게 하루아침에 다 때려치우고 교회에 나갈 수 있는지 모르겠다.'라고 말하며 의아해 할 정도였다.

그런데 세례를 받으시던 날, 교회 출입구 계단을 올라가다가 그만 뒤로 넘어지셔서 심한 고관절 골절상을 입으셨다. 어머니의 말에 따르면 누군가 뒤에서 낚아채듯 하여 그대로 뒤로 넘어지셨고, 그 순간 사탄이 시험하는 것 같아 아픔을 끝까지 참고 세례를 받으신 후 병원에 갔다고 하셨다. 어머니의 부상에 '미신을 섬기다가 교회에 나가서 벌을 받았다'라는 식의 수군거림뿐만 아니라, 어머니가 연로하여 치료 후에도 걷기에는 어려움이 있을 것이라는 의사의 진단까지 있었다.

그 무렵 어머니는 다리 건강을 회복시켜 달라고 하루에도 수백 번씩 사도신경으로 신앙고백하고, 주기도문으로 기도하셨다고 했다.

주님을 떠나 있던 50년 동안의 사도신경 신앙고백과 주기도문 기도를 그때 다 하게 되었다고 하셨다. 그 후 어머니는 의사의 진단에도 불구하고 회복하여, 어느 정도 걸을 수 있게 되셨다. 또한, 부축을 받으면서 다시 교회에 출석함으로써 수군거림들은 온데간데없이 사려졌다. 어머니는 명예 권사 임직까지 받고, 오히려 그 사람들을 상대로 전도까지 하셨다.

그러던 어머니가 환절기에 우리 집에 잠시 계시다가, 다시 부모님 집에서 생활하던 도중 쓰러지셨다. 아내와 형제들은 어머니를 정성으로 간호하였다. '달리다굼' 복음성가의 후렴 부분[45]도 많이 불렀다.

어머니는 그렇게 상당 기간 입원 치료를 받으셨고, 중한 고비는 넘기셨으나 난데없이 치매에 걸리셨다. 퇴원하더라도 다른 사람의 도움 없이는 생활할 수 없는 상황이 되었다. 그렇다고 어머니를 모실 수 있는 형편도 못 되어서, 가족회의 결과 요양원에 모시기로 하였다. 아내와 나는 퇴원하신 어머니를 모시고 요양원으로 향하였다.

---

[45] 현윤식 작사 · 작곡(깨어라 일어나라 달리다굼 일어나라, 일어나라 죄악에 잠자던 영혼아, 달리다굼 깨어라 일어나 걸으라, 어둠은 물러가고 새날이 다가오네).

요양원 입원 수속을 마치고 식당에서 어머니와 식사를 할 때, 어머니는 잠시 의식이 돌아오신 것 같았다. 어머니를 모시고 부모님 집으로 내려가던 날, 어머니가 입맛이 없다고 한 이유를 그제야 알 것 같았다.

아내와 나는 눈물의 밥을 먹었고, 어머니 역시 마찬가지였다. 어머니는 자식들의 형편과 사정을 모두 알고, 의식이 있을 때 스스로 요양원 입원을 택하셨던 것 같았다. 요양원 식당에서 어머니와 헤어지며 불효자다운 말밖에 할 수 없었다.

"어머니, 아버지가 그렇게 믿고 좋아하셨던 자식들은 다 소용이 없어요. 하나님만 바라보시고 회복시켜 달라고 예수님께 기도하세요. 올 추석 안에는 집에서 아버지 추도예배를 함께 드릴 수 있도록, 행사를 하나님께 맡기시고[46] 기도하세요, 어머니….."

그러나 그때 어머니는 아내와 내가 누구인지조차도 모르시는 것 같았다.

요양원을 떠나면서 후사경으로 어머니를 쳐다보았으나, 집 현관에서 매번 손을 흔들어 주시던 어머니의 모습은 보이지 않았다. 한참을 주행하다가 다시 차를 돌려 요양원에 되돌아갔다. 멀리서 어

---

46) 잠언 16:3(너의 행사를 여호와께 맡기라 그리하면 네가 경영하는 것이 이루어지리라) 참조.

머니를 쳐다보니 어머니는 휠체어에 앉아 울고 계시는 듯하였다. 그런 어머니의 모습을 본 그날이, 내 인생에서 가장 긴 하루였다.

이후 매주 요양원에 방문해 어머니를 찾아뵈었다. 어머니는 잘 적응하시는 것 같았다. 요양보호사 등 근무자들의 말에 의하면, 어머니는 온종일 사도신경과 주기도문만을 암송한다고 하였다. 그렇다 보니 근무자들은 어머니의 치매 증상이 더욱 심해졌다고까지 하였다.

그러나 넉 달 보름 만에 어머니는 건강이 어느 정도 회복되어 요양원에서 퇴원할 수 있었다. 퇴원하시던 날, 요양원에서는 100명 중 1명 나올까 말까 한 기적이 일어났다며 모두 축하해 주었다. 할렐루야! 어머니는 요양원에 계실 때 하루에 사도신경[47] 150회, 주기도문[48] 150회 이상을 암송하며 신앙고백하고, 기도하셨다고 하셨다.

그 후 어머니는 수년간 부모님 집에서 아버지 추도예배를 드리며, 예전과 같은 생활을 이어 나갔고, 교회를 섬기시다가 하나님의 부름을 받았다. 부름을 받기 일주일 전, 아내와 내가 어머니 병상 옆에 앉아 있을 때 어머니는 사도신경과 주기도문을 뚜렷이 암송하며 신앙고백 및 기도를 하셨다. 그러면서 "며칠 전 처음 보는, 너무나 좋은 곳에 갔다 왔다. 이제 그곳으로 갈 것이다."라고 말씀하였다. 그때 아내와 나는 그 말의 뜻을 제대로 알지 못했다.

오늘은 어머니를 모시고 부모님 집으로 내려갔던 날과 같은 날짜다. 아내, 자녀들과 함께 부모님 산소를 찾았다. 어머니와 함께 방문했던 휴게소와 중국집도 들렀다. 자녀들에게 모처럼 부모님 이야기를 많이 들려주었다. 상경길, 차 안에서 둘째 딸이 말했다.

"그런데 아빠, 할아버지 할머니 신앙 간증은 아빠가 해야 하는 것 아냐?"

---

47) 전능하사 천지를 만드신 하나님 아버지를 내가 믿사오며, 그 외아들 우리 주 예수 그리스도를 믿사오니, 이는 성령으로 잉태하사 동정녀 마리아에게 나시고, '본디오 빌라도'에게 고난을 받으사, 십자가에 못박혀 죽으시고, 장사한 지 사흘 만에 죽은 자 가운데서 다시 살아나시며, 하늘에 오르사, 전능하신 하나님 우편에 앉아 계시다가, 저리로서 산 자와 죽은 자를 심판하러 오시리라, 성령을 믿사오며, 거룩한 공회와, 성도가 서로 교통하는 것과, 죄를 사하여 주시는 것과, 몸이 다시 사는 것과, 영원히 사는 것을 믿사옵나이다. 아멘.

48) 하늘에 계신 우리 아버지여, 이름이 거룩히 여김을 받으시오며, 나라가 임하시오며, 뜻이 하늘에서 이루어진 것같이 땅에서도 이루어지이다. 오늘 우리에게 일용할 양식을 주시옵고, 우리가 우리에게 죄지은 자를 사하여 준 것같이 우리 죄를 사하여 주시옵고, 우리를 시험에 들게 하지 마시옵고, 다만 악에서 구하시옵소서, 나라와 권세와 영광이 아버지께 영원히 있사옵나이다. 아멘.

08

생명의 근원

사람은 하루에도 오만 가지의 생각을 한다고 한다. 사람의 마음이 얼마나 변덕스러운지 상상이 된다. 사람들은 자기 마음에 드느냐에 따라 대상을 평가하고 결정하는 성향이 강하다.

특히, 수사 시 범죄인에 대한 평가는 '법으로'하는 것이고, 평가 대상도 '범죄사실'에 국한되어야 하지만, 감정에 따라 범죄인의 마음 일체를 알아내 평가하려 한다. 자칫 과잉 수사, 표적 수사의 논란에 휩싸일 수도 있다. 사람의 마음을 알기란 쉽지 않다.

수사 방법 중에는 함정수사가 있다. 마약사범 등 은밀히 이루어지는 범행의 기회를 제공하고, 실행을 기다렸다가 체포하는 수사 방법이다. 우리나라 통설과 판례[49]는 기회 제공형 함정수사는 적법

하나, 범죄 유발형 함정수사는 위법하다고 보고 있다.

죄를 범할 마음을 먹고 있는 사람에게 기회만 제공하였음에도 그가 범죄를 저질러 체포한 것이라면, 그 수사 방법은 적법[50]하다. 하지만 죄를 범할 마음이 없는 사람에게 범죄를 유발하여 체포한 것이라면 불법이라는 뜻이다.

그러나 범행 당시 그 마음이 있었는지, 없었는지 분별하기는 쉽지 않다. 거짓말 탐지기[51]를 동원하여도 마음을 완벽하게 탐지할 수는 없다. 다만, 다수의 범죄 전력이 있는 재범자 중에는 단정한 태도, 믿음이 가는 말투, 해맑고도 천진할 것만 같은 웃음 등, 개과

---

49) 본래 범의를 가지지 아니한 자에 대하여 수사기관이 사술이나 계략 등을 써서 범의를 유발케 하여 범죄인을 검거하는 함정수사는 위법하다 할 것인바, 구체적인 사건에 있어서 위법한 함정수사에 해당하는지 여부는 해당 범죄의 종류와 성질, 유인자의 지위와 역할, 유인의 경위와 방법, 유인에 따른 피유인자의 반응, 피유인자의 처벌 전력 및 유인행위 자체의 위법성 등을 종합하여 판단하여야 한다(대법원 2008. 3. 13. 선고 2007도10804 판결 참조).

50) 사법경찰관리는 디지털 성범죄를 계획 또는 실행하고 있거나 실행하였다고 의심할 만한 충분한 이유가 있고, 다른 방법으로는 그 범죄의 실행을 저지하거나 범인의 체포 또는 증거의 수집이 어려운 경우에 한하여 수사 목적을 달성하기 위하여 부득이한 때에는 '신분위장수사'를 할 수 있다(아동 · 청소년의 성보호에 관한 법률 제25조의2 제2항).

51) 거짓말탐지기 검사는 거짓말 탐지기에 의하여 사람의 심리적 동요에 따른 혈압, 맥박, 호흡 및 피부전류저항 등 생리적 변화를 측정, 기록한 후 그 기록의 해석에 의하여 진술의 진위여부를 추론하는 것이다(대검찰청 심리생리검사 규정 참조).

천선(改過遷善)한 모습으로 재범을 저질렀다는 게 상상이 되지 않는 사람들이 있다. 그런데 그와 같은 웃음 뒤에 숨겨진 독사 같은 눈빛이 얼핏 보일 때가 있다. 어쩌면 사람들의 알 수 없는 마음이 그런 모습일지도 모른다.

어버이 주일이다. 어머니 마음[52] 노래를 부르는 순서가 있었다.

'낳 실제 괴로움 다 잊으시고 기를 제 밤낮으로 애쓰는 마음. 어려서 안고, 업고, 달래주시고, 자라선 문 기대어 기다리는 맘. 사람의 마음속에 온갖 소원, 어머님의 마음속엔 오직 한 가지. 아낌없이 일생을 자녀 위하여 살과 뼈를 깎아서 바친 마음….'

부모님의 희생. 정성과 사랑은 노래만 따라 불러도 온몸으로 느껴진다. 죄스러웠다. 찬송가도 이어졌다.

'주님의 마음을 본받는 자[53], 그 맘이 평강이 찾아옴은 험악한 세상을 이길 힘이 하늘부터 임함이로다. 가는 길 거칠고 험하여도 내 맘에 불평이 없어짐은 십자가 고난을 이겨내신 주님의 마음 본받음이라. 주님의 마음 본받아 살면서 그 거룩하심 나도 이루리….'

찬양 속에 내 마음도 나타나 있는 것 같았다. 죄스러웠다.

---

52) 양주동 작사/이흥렬 작곡.

53) 찬송가 455장(통합 507장).

성경 속엔 많은 마음이 나타나 있다.[54]

마음은 마음에 비친다고 한다.

마음은 굳게 할 수 있고, 빼앗길 수 있다 한다.

마음은 정할 수 있고, 변할 수 있다 한다.

마음은 생길 수 있고, 제거할 수 있다 한다.

마음이 마음을 향한다고 한다.

마음이 눈을 따른다고 한다.

마음이 거만하고, 겸손하다 한다.

마음이 기쁘고, 슬프다 한다.

마음이 깨끗하고, 더럽다 한다.

마음이 사자 같고 음란하고 사악하고, 부드럽고 청결하고 순전하다 한다.

마음에 의심할 수 있고, 확정할 수 있다 한다.

마음에 겁내지 말고 두려워하지 말며, 떨지 말고 놀라지 말라 한다.

마음에 기억과 생각이 난다고 한다.

마음에 가득한 것을 입으로 말한다고 한다.

마음을 병들게 할 수 있고, 새롭게 할 수 있다 한다.

마을을 높은 데 두지 말라고 한다.

---

54) 성경 총 1,051절에서 '마음' 검색(GOODTV 성경검색 참조).

마음을 다하라고 한다.

사람들은 그 많은 마음을 마음껏 먹고, 마음대로 행동한다. 그러나 사람의 마음을 홀로 아시고, 감찰하신다.[55)]

「모든 지킬 만한 것 중에 더욱 네 마음을 지키라 생명의 근원이 이에서 남이니라.」[56)]

---

55) 역대하 6:30(주는 계신 곳 하늘에서 들으시며 사유하시되 각 사람의 마음을 아시오니 그의 모든 행위대로 갚으시옵소서 주만이 홀로 사람의 마음을 아심이니이다), 시편 7:9(의로우신 하나님이 사람의 마음과 양심을 감찰하시나이다), 히브리서 4:12(하나님의 말씀은 살아 있고 활력이 있어 좌우에 날선 어떤 검보다도 예리하여 혼과 영과 및 관절과 골수를 찔러 쪼개기까지 하며 또 마음의 생각과 뜻을 판단하나니) 참조.

56) 잠언 4:23.

09

세 바퀴

일기예보는 예보일 뿐, 맞지 않을 수 있다. 그러나 적지 않은 사람들이 '일기예보는 맞아야 한다'는 고정관념을 가지고 있다. 어쩌다 맞지 않을 때도 그 확률을 무시하고, 매번 맞지 않는다는 선입관을 가지고 일기예보의 본뜻을 호도(糊塗)한다. 이는 일기예보에 대해 강한 편견이다.

고정관념(固定觀念)·선입관(先入觀)·편견(偏見)은 한 회전축으로 연결된 세 바퀴와 같다. 하나가 앞서가면 나머지는 뒤따라간다. 고정관념·선입관·편견의 원인으로는 무지, 몰이해, 지식·경험 부족, 왜곡된 인지·인식, 아집 등을 들 수 있는데, 그 결과는 치명적이다.

아카시아꽃이 만발하였을 무렵, 부부싸움 끝에 배우자가 남편을 살해한 혐의로 구속 송치된 사건이 있었다. 살해의 직간접 증거로는 범행을 목격하였다는 초등학생 자녀의 진술, 주거지 화장실에서의 루미놀(Luminol)[57] 시험 반응, 살해 도구인 망치, 사건 전날 부부싸움 소리를 들었다는 이웃 주민의 진술, 사건 발생 2주일 전 배우자가 남편 명의로 다수의 생명보험에 가입한 사실 등이 있었다.

그런데도 배우자는 남편의 살해 사실을 일관되게 부인하고 있었다. 그러나 증거 등으로 미루어 보았을 때, 그가 범인임을 입증하는 것에 무리는 없었다. 더욱이 남편을 살해하지 않았다면 극도의 억울한 심정이 표출되어야 할 것임에도, 직간접 증거들에 따른 신문(訊問)에 대하여 너무나 침착한 태도로 부인하였다. 심증적으로도 범인임이 틀림없어 보였다.

더 검토할 것도 없이, 결정적인 증거라고 할 수 있는 자녀의 진술을 토대로 추궁하였다.

"그때 현장에서 자녀는 엄마가 아빠의 머리를 망치로 때리는 광경을 목격하였다고 진술하고 있고, 그와 같은 진술에 대해 현장 검증까지 마쳤는데도 부인하면 되겠습니까. 여기 자녀의 현장 검증 사진을 한번 보세요."

---

57) 법의학적 혈흔검사법.

"이것은 분명 잘못되었습니다. 어디서부터 잘못되었는지 도무지 모르겠습니다. 그날 자녀가 저와 함께 있었던 것은 맞습니다. 그러나 그때 남편은 옆에 있지도 않았습니다. 제가 남편의 머리를 망치로 때리다니요. 그건 말도 안 됩니다. 자녀는 아무것도 모르고 그렇게 현장 검증 사진을 찍었을 거예요. 지금까지 누구도 제 말은 믿으려 하지 않으니, 저는 이제 꼼짝없이 남편 살인범으로 몰렸습니다. 이런 경우 어떻게 해야 합니까? 마음대로 하십시오."

배우자는 긴 한숨과 함께 더는 할 말이 없다는 듯 어금니를 깨물었다. 극구 부인함에 따라, 수사 계획상 먼저 자녀와 신뢰관계자를 동석[58]하게 한 다음 진술을 청취할 수밖에 없었다. 질문은 기존 신문을 인용하였다.

"엄마가 아빠를 망치로 때리는 것을 보았니?"

"예."

"머리를 때렸니?"

"예."

자녀는 그 외 질문사항마다 반사적으로 "예."라고 답변하였고, 그 틈을 타 부정문의 질문을 던졌다.

"엄마가 아빠를 망치로 때리는 것을 보지 못한 것은 아니니?"

---

58) 형사소송법 제244조의5(장애인 등 특별히 보호를 요하는 자에 대한 특칙).

"예."

"머리를 때리지 않았지?"

"예."

여러 차례에 걸친 자녀 진술의 정교화를 통해 변질되었을 가능성 확인하였다. 그 결과, 자녀가 살해 현장을 목격한 사실 자체가 없다는 것이었다. 최초 자녀에 대한 신문이 잘못 이루어졌음을 알 수 있었다.

그랬다. 자녀는 집안에서 엄마와 아빠가 가끔 부부 싸움하는 것을 목격한 상태였는데, 장례식장에서 누군가가 아빠의 머리를 망치로 때린 것 같다고 문상객들이 수군대는 것을 듣게 되었다. 자녀의 기억은 그때 오염되었다.

초동수사 시 자녀에게 던진 "엄마와 아빠가 자주 싸웠니?", "엄마가 아빠 머리를 망치로 때렸니?" 등의 단답형 질문에 따라 특정 답변이 유도되는 상황이 만들어졌고, 이를 통해 허위 기억이 형성되었던 것이다. 이후 아동 진술의 특성대로 사실대로 진술하지 못하고, 계속하여 허위 기억에 의존해 현장 검증 사진까지 촬영한 것이었다.

범행의 구체적인 단서조차 찾지 못하고 있다가, 자녀의 진술이 확보됨에 따라 수사는 속전속결로 진행되었고, 배우자는 결국 남편의 장례식장에서 체포당해 구속되고 말았는데 말이다.

구속 후 유가족 측에서 자녀의 범행 장면 목격 여부에 대해 의문점을 제기하였다. 그러나 주거지 화장실에서 실시한 루미놀 시험이 양성 반응을 나타낸 점과 베란다에서 망치 등이 발견된 점 등에 비추어, 자녀의 진술에 신빙성(信憑性)이 있다는 판단으로 무시하였다.

루미놀 시험은 혈흔 외의 물체에서도 발광할 수 있는 것임에도, 왜곡된 고정관념과 자기 집착에 따른 불공평한 편견[59]이 이 같은 결과를 빚었다.

수사는 다시 밤낮으로 진행되었다. 이후 남편의 사망 경위가 밝혀지고, 배우자는 혐의없음이 입증되어 석방되었다. 배우자는 수사에 관하여 고마움을 일절 표시하지 않았다. 받은 상처가 너무 컸기 때문일 것이라는 생각이 들었다.

남편을 잃은 슬픔 속에서 누명으로 구속까지 된 상태임에도 냉소적인 침착함을 보이며 "이런 경우 어떻게 해야 합니까?"라고 질문하던 것과 "마음대로 하십시오."라는 명령형의 답변은 오래 기억되었다.

지독한 고정관념 · 선입관 · 편견은 그 자체가 흉기요, 살인 무기이다.

---

59) 마태복음 13:54~58, 디모데전서 5:21 참조.

10

말 더하기, 빼기

우리 형사소송법은 전문법칙(傳聞法則)[60]을 선언하고 있다. 전문법칙이란, 전문증거는 증거능력이 인정될 수 없다는 원칙이다. 반대신문권의 결여와 직접주의에 근거한다. 전문증거는 사실인정의 기초가 되는 경험적 사실을 경험자 자신이 직접 법원에 진술하지 않고, 다른 형태에 의하여 간접적으로 보고하는 것을 말한다. 이는 그 내용이 진실한가 아닌가를 반대신문에 의하여 음미할 수 없으므로, 평가를 그르칠 위험이 있다.[61]

---

[60] 형사소송법 제310조의2(전문증거와 증거능력 제한).

[61] 네이버 지식백과 참조.

대학교 1학기 중간고사가 끝났을 무렵, 대학교 정문 부근의 규모가 제법 큰 주점은 초저녁부터 대학생 손님들로 꽉 찼다.

저녁 9시쯤, 술에 취한 학생이 2차로 술을 마시기 위해 친구 두 명과 주점으로 왔다. 출입문을 막 열고 들어섰을 때, 마침 바쁘게 서빙을 하고 있던 아르바이트(Arbeit)생과 부딪쳐 시비가 났고, 종국에는 서로 멱살을 잡고 밀치는 몸싸움까지 발생했다.

대학생과 아르바이트생은 입건되어 억울함을 호소했다. 맞붙어 싸운 사람들 사이에는 공격행위와 방어행위가 연달아 행해진다. 방어행위가 동시에 공격행위가 되는 양면적 성격을 띠어, 한쪽의 행위만을 가려내 방어를 위한 정당행위라거나, 정당방위에 해당한다고 보기는 어렵다.[62]

당시 옆에서 이를 목격한 대학생 친구들과 아르바이트생 동료의 진술 요지는 각각 다음과 같았다.

- **대학생 친구 A** : 주점에 막 들어갔을 때 친구가 술에 취해 그 곳 아르바이트생과 몸이 부딪쳤고, 그때 친구가 아르바이트 생의 얼굴을 빤히 쳐다봤습니다. 그러자 그 아르바이트생이 갑자기 친구의 멱살 부위를 밀쳤던 것입니다. 친구는 정당방

---

62) 대법원 2010. 2. 11. 선고 2009도12958 판결 등 참조.

위만 하였습니다.

- **대학생 친구 B** : 주점에 앞서 들어갔던 친구와 그곳 아르바이트생이 서로 몸싸움하려고 하여 이를 말렸습니다. 이전 상황은 자세히 보지 못했습니다.
- **아르바이트생 동료 C** : 그 대학생이 주점으로 들어오면서 술에 취해 서빙하던 동료 아르바이트생과 부딪쳐 서로 넘어질 뻔하였습니다. 그런데 그 대학생이 화가 났는지 손으로 동료 아르바이트생의 멱살 부위를 밀쳤고, 동료 아르바이트생도 대학생을 밀치려고 달려들어 이를 말렸던 것입니다.

사건 사고 현장에서 상황을 목격한 사람들의 진술도 각자의 입장과 시각에 따라 너무 상이하였다. 이에 당사자의 반대신문에 의한 그들의 진술을 확인할 필요가 있었다.

이후 그들과의 대질조사를 위해 출석 통보를 하였을 무렵, 두 당사자는 당시 상황을 오판함으로써 빚어진 서로의 잘못임을 인정하고, 합의하여 '공소권 없음' 처분[63]을 받았다.

---

63) 검찰사건사무규칙 제115조(불기소 결정) 제3항 제4호(공소권 없음) 카목(반의사불벌죄의 경우 처벌을 희망하지 않는 의사표시가 있거나 처벌을 희망하는 의사표시가 철회된 경우).

　　　　　　　　　　　　　　원칙과 품격

일상에서도 이 같은 전문법칙 적용 생활을 하는 것이 중요하다. 특히, 언론매체는 특성상 전문(傳聞)과 재전문(再傳聞)할 수밖에 없다. 말이라는 것은 기억, 표현, 또는 서술하는 과정에서 주·객관적인 요인에 따라 착오나 오류가 개입될 가능성이 매우 크다. 따라서 전문·재전문의 취재로 인한 오보 위험성에 노출되기도 한다. 급기야는 허위, 조작 보도로 몰릴 수도 있다.

누구나 보고 들은 말을 많이 한다. 당사자에게 직접 확인하지 않은 전문·재전문 된 말도 쉽게 한다. 그 와중에 말을 빼거나 더하여 만들어 내는 일에도 너무나 익숙해져 있다. 남에 대한 악평은 더욱 그렇다.

남의 말을 많이 하는 자는 비밀을 누설하는 자이고, 다툼의 원인이 된다.[64] 남의 말을 하기에는 너무도 바쁜 세상이다.

말 더하기 빼기, 못해도 된다. 경우에 합당한 그 말, 신뢰 사회로 달려간다.[65]

---

64) 잠언 18:8, 26:22(남의 말하기를 좋아하는 자의 말은 별식과 같아서 뱃속 깊은 데로 내려가느니라), 잠언 20:19(두루 다니며 한담하는 자는 남의 비밀을 누설하나니 입술을 벌린 자를 사귀지 말지니라), 잠언 26:20(나무가 다하면 불이 꺼지고 말쟁이가 없어지면 다툼이 쉬느니라) 참조.
65) 잠언 25:11(경우에 합당한 말은 아로새긴 은 쟁반에 금 사과니라) 참조.

11

감독

동네의 멀지 않은 곳에 소하천이 있다. 도시 편의 시설들이 점점 그 주변까지 들어서고, 수로(水路)가 정비됨으로써 소하천 물길을 따라 잉어, 붕어, 메기, 송사리 등 민물고기의 오르내림도 많다. 늦은 봄 가뭄이 길다는 뉴스만큼 저수지 물이 메말라 간다는 보도 또한 길다.

목요일 저녁 식사 후, 소하천으로 산책을 나갔다. 평소 소하천 물은 어른 키 높이만큼 깊었으나, 가뭄 때문에 바닥이 다 보이는 상태였다. 그런데도 민물고기들은 한가로이 유영(遊泳) 중이었다. 소하천을 관리 · 감독해 오지 않았다면 사람들이 그 민물고기들을 다 잡아갔을 것이라는 생각이 들었다.

토요일 오후, 뒤 베란다 쪽에서 바람이 분다. 비가 올 것 같은 조짐에 낚시 가는 마음으로 소하천을 다시 찾았다.

산책로를 따라 상류 쪽으로 걸어가던 중, 돌과 돌무덤 사이로 나 있는 수로를 타고 오르는 민물고기를 잡아먹기 위해, 길목 위에 꼼짝없이 앉아 있는 왜가리 한 마리가 보였다.

발걸음을 멈추자, 왜가리는 눈 깜짝할 사이에 새끼 민물고기를 부리로 낚아채 잡아먹고는, 가뿐하게 날아갔다. 그러고 나서 도로 바로 옆 소하천 수로에 내려앉아 똑같은 자세를 취하며 길목을 지키고 있었다. 더불어 도로 병목구간이 시작되는, 사고가 잦은 곳 가장자리에 딱 붙어 있는 견인차 한 대가 왜가리와 대조를 이루고 있었다.

왜가리가 날아간 부근 수로까지 걸어 가까이 가 보니, 수로 중 어떤 곳은 바닥이 드러났고, 또 다른 곳은 붕어나 잉어의 등지느러미가 보일 정도로 소하천 물이 줄어들어 있었다. 외래 어종들도 많이 보였다.

곧 비가 오지 않으면 위태로워질 수 있는 상황인데도 손바닥만 한 붕어들은 어슬렁거리고 있었고, 송사리들은 마치 순간이동이라도 하는 것처럼 이리저리 움직이고 있었다. 민물고기들은 무엇인가 알고 있는 듯했다.

그때 바로 옆 수풀 쪽에서 어미 오리와 새끼 오리 4마리가 나타났다. 수로 쪽으로 저녁 산책을 나온 듯하였다. 그러나 나를 발견하고는, 다시 수풀 쪽으로 되돌아가기 위해 어미 오리는 뒤따르던 새끼들을 자기 앞으로 몰아 앞세웠다. 내가 다가갈지라도 전혀 날아갈 기색 없이, 새끼들이 모두 수풀 안쪽으로 안전하게 들어갈 때까지 관리·감독하며 주위를 감시하고 있었다.

오리 가족을 뒤로하고 소하천을 따라 한참을 걷다 돌아오는데, 반대편 수로 주변 산책로에서 비명이 들렸다. 산책 나온 사람들의 웅성대는 말을 들어 보니, 소하천에서 생활하는 너구리가 갑자기 나타났다고들 하였다. 아무래도 배고픈 유기견(遺棄犬)[66]을 너구리로 잘못 본 것 같았다. 소하천에서의 동물들은 온종일 생존 경쟁 중이었다.

주일 아침부터 이른 장맛비가 쏟아졌다. 예배를 마치고 오후 여섯 시가 되었을 때, 소강상태를 틈타 목 좋은 곳에 용수를 치고 민물고기들을 잡았던 추억을 되새기며 소하천에 나가 보았다.

금세 물이 불어나, 수로에서 물줄기 길목을 지키던 왜가리나 산

---

66) 동물을 유기한 소유자 등은 300만 원 이하의 벌금(맹견을 유기한 소유자 등은 2년 이하 징역 또는 2천만 원 이하 벌금)에 처한다(동물보호법 제97조 제2항 제5호, 제5항 제1호). 반려동물 인구 1,500만 시대, 국민 4명 중 1명 '개님, 양님 집사', 유기동물 등 급증, 2022. 5. 28~29. 중앙일보 8~9면 기사 참조.

책 나왔던 오리 가족은 어디론가 날아가고 없었다. 그곳은 물 만난 민물고기들의 세상이었다. 물댄동산[67]이 어떤 상태인지 조금은 짐작이 됐다.

건축물 등이 법령에 맞추어 제대로 시공되었는지의 여부 등을 현장조사·검사 및 확인, 관리·감독하여야 할 사람들이 수천만 원 이상의 뇌물을 수수하고, 건축주 및 시공자와 결탁함으로써 부실시공 및 불법 건축물이 난립하게 한, 구조적인 업무 부조리 사범 관련 수사[68]가 한창이다.

현장 조사·검사 및 확인, 관리·감독의 지위에 있는 사람이 그 의무를 다하여야 함에도 불구하고, 명목 상관없이 불법 행위 상대방과의 결탁이 있었다면, 이는 고양이에게 생선 가게를 맡긴 격이나 다름없다.

현장 조사·검사 및 확인, 관리·감독의 눈은 차오르는 물고기를 낚아채는, 한눈팔지 않는 왜가리의 눈, 위험한 상황에서도 새끼들

---

67) 이사야 58:11(여호와가 너를 항상 인도하여 메마른 곳에서도 네 영혼을 만족하게 하며 네 뼈를 견고하게 하리니 너는 물 댄 동산 같겠고, 물이 끊어지지 아니하는 샘 같을 것이라) 참조.

68) 건축법 제109조 제1호, 제27조 제2호, 제105조 제2호 등 참조.

의 안전을 끝까지 확인하며 보살피는 어미 오리의 눈 같아야 하지 않을까.

수사 초기, 현장 조사·검사 및 확인, 관리·감독 업무를 맡은 이들 중에는 혐의에 대해 잘못을 뉘우치는 사람도, 극구 부인하는 사람도 있었다. 가끔 기독교인들이 다른 범죄자들에 비해 범행을 더 부인하는 이유에 대해 고민한다. 그럴 때마다 다른 사람들에게 미치는 악영향은 차치하더라도, 회개만이라도 하기를 고대하곤 하였다. 죄에 대한 회개가 없다면 불법 인생을 건축, 축조한 것과 마찬가지라고 생각하기 때문이다.

수사가 종반에 이르렀을 때쯤, 많은 증거 자료가 제시됨으로써 사람들은 대부분 자신의 잘못을 인정하였다. 그러나 여전히 그렇지 않은 자들이 있었다. 그 무렵, 똑같은 이유로 혐의를 부인하는 기독교인에 대한 조사를 연달아 마치고 난 후, 너무 자연스럽게 "교회 다니는 사람들이 더 문제야!"라는 비난성 말이 튀쳐나왔다. 입술을 지키려고 노력했지만, 그때는 그럴 수 없었다.

왜 그런 비뚤어진 말을 했을까? 말의 출처를 찾았다. 그날 아침, 통근버스 뒷좌석에 앉아 있던 사람들의 대화 속에 그 말이 있었다. 그들은 모두 기독교인으로서, 관리·감독의 지위에 있는 고위직 같았다.

그중 한 사람은 본인이 담당하고 있는, 산재사고로 인한 손해배

상청구 소송사건[69]의 원·피고가 모두 교회 장로이므로 증인들 또한 교회 중직들이라고 전제했다. 일반인들도 그렇게까지 자기 이익을 주장하지는 않았을 것이라며, 극렬한 소송행위 태도를 비난했다. 시끄러울 정도로 목소리가 높았고, 소송 당사자들에 대한 비난성 대화는 좀처럼 중단되지 않았다.

목적지에 도착하였을 무렵 그는 "나도 교회 다니지만, 교회 다니는 사람들이 더 문제야."라고 비뚤어진 말을 하였고, 이에 상대방도 "나도 그렇게 느낄 때가 많다."라는 구부러진 말로 대답했다.

당시 통근버스 안에서 그들의 대화를 들은 사람들이 '높은 체하지 말고 너나 잘하세요.'라고 비아냥댔을 것 같아, 씁쓸한 마음이 들었다. 그런데 막상 그런 상황을 마주하자, 아침에 들은 구부러진 그 말이 나도 모르게 나온 것이다. 한번 입술을 떠난 말은 정정할 수 없었다. 오호라, 언제 어디서든 입술만큼 상대방과 결탁하기 쉬운 것은 없구나!

---

69) 특히, 사업주 또는 경영책임자 등이 고의 또는 중대한 과실로 중대재해 처벌 등에 관한 법률에서 정한 의무를 위반하여 중대재해를 발생하게 한 경우 형사처벌을 받는 외에 해당 사업주, 법인 또는 기관이 중대재해로 손해를 입은 사람에 대하여 그 손해액의 5배를 넘지 아니하는 범위에서 배상책임을 진다. 다만, 법인 또는 기관이 해당 업무에 관하여 상당한 주의와 감독을 게을리하지 아니한 경우에는 그러하지 아니한다(중대재해 처벌 등에 관한 법률 제15조 참조).

날마다 말씀[70]으로 오직 입술에 관리 · 감독자를 세우고 지킨다.

70) 잠언 4:24(구부러진 말을 네 입에서 버리며 비뚤어진 말을 네 입술에서 멀리하
라), 잠언 30:32(만일 네가 미련하여 스스로 높은 체하였거나 혹 악한 일을 도모
하였거든 네 손으로 입을 막으라), 시편 141:3(여호와여 내 입에 파수꾼을 세우
시고, 내 입술의 문을 지키소서) 참조.

원칙과 품격

12

이것이 그러한가?

평소 오전에는 연락하지 않던 선배로부터 전화가 왔다. 선배는 사업 실패로 인한 상당한 경제난을 겪고 있었지만, 주위 사람들에게 티를 내지는 않았다.

"아침부터 미안해. 하나 물어볼 것이 있어서. 선도유예 처분이 뭐지?"

"누가 싸웠나요?"

"어떻게 알았어? 얼마 전에 중학생 아들이, 친구가 다른 반 학생과 싸울 때 말리고 나서 의리 차원으로 상대방 가슴을 주먹으로 한 대 때렸나 봐. 그런데 피해 학생의 부모가 자초지종(自初至終)을 확인하지도 않고, 집단폭행[71]을 당했다고 경찰에 신고해 버린 거야.

사실은 집단폭행을 한 것 같지도 않은데 말이야."

"아직 처분이 안 되었나요?"

"글쎄, 선도유예 처분을 내리겠다고 하더라고."

"네. 선도 조건부 기소유예[72]를 줄여서 선도유예 처분이라고 합니다."

"그래, 법보다 도덕이 먼저라고 배웠잖아. 서로의 부모들이 학생들과 함께 선생님 앞에서 재발 방지를 위한 다짐과 화해를 하는 게 우선 아닌가? 무조건 법으로 해결한다고 경찰서를 먼저 찾아가야만 했던 것인지. 학교에서 윤리, 도덕, 국사 등의 교육이 약화되다 보니 사회가 더욱더 냉정해지는 것 같네."

"네, 그런 것 같아요."

---

71) 폭력행위 등 처벌에 관한 법률 제2조 제2항[2인 이상이 공동하여 형법 제260조 제1항(폭행), 제260조 제2항(존속폭행), 제283조 제1항(협박), 제283조 제2항(존속협박), 제366조(재물손괴 등), 제276조 제1항(체포, 감금), 제276조 제2항(존속체포, 존속감금), 제257조 제1항(상해), 제257조 제2항(존속상해), 제324조 제1항(강요), 제350조(공갈)의 죄를 범한 사람은 형법 각 해당 조항에서 정한 형의 2분의 1까지 가중한다].

72) 소년법 제49조의3(검사는 피의자에 대하여 범죄예방자원봉사위원의 선도, 소년의 선도·교육과 관련된 단체·시설에서의 상담·교육·활동 등 선도(善導) 등을 받게 하고, 피의사건에 대한 공소를 제기하지 아니할 수 있다. 이 경우 소년과 소년의 친권자·후견인 등 법정대리인의 동의를 받아야 한다).

원칙과 품격

"하여튼 고마워, 수고해."

전화를 끊고 나서 생각하니, 안부 인사도 못 드리고 선배의 물음에 타성화(惰性化)된 답변만 한 것 같아 얼굴이 화끈거렸다.

그날 오후에는 상반기 수사 실무 강의가 있었다. 수강생은 대부분 초급 수사관들이다. 압수수색영장 집행 시, 압수수색영장을 미지참하고 현장에 도착함으로써 모든 수사팀이 한 시간가량 대기 후 영장을 집행할 수 있었던 일을 시작으로, 대부분 단순한 수사 실패·실수 사례 위주로 강의하였다.

교육생들은 강의를 집중하여 듣는 듯하였다. 해당 사례들에는 검토가 필요한 내용이 포함되어 있었지만, 그것까지는 발견 못하는 것 같았다. 더욱이, 이전부터 반복해 왔던 타성화된 강의 내용이어서 내심 찔리기도 했다.

차라리 준비된 강의안을 읽는 것이 더 큰 교육 효과를 줄 수 있을 것이라는 생각까지 들었다. 즉흥적이고 타성화된 강의는 얼핏 논리 정연한 것 같으나, 허점과 모순이 언제든 발생할 수 있기 때문이다.

타성화된 강의를 막기 위해서는, 교육생들의 타성화되지 않은 교육받는 자세 또한 중요하다는 것도 그때 깨달았다.

누구나, 어디서, 어떠한 일이든 타성화되기는 쉽다. 타성화 다음 찾아오는 것은 바로 실수, 누락, 오류, 무반응, 무사안일, 매너리즘 등으로, 각종 안전사고 발생 위험이 배가 된다.

그렇다면 신앙생활은 어떠한가? 교회당만 나서면 설교 말씀은 물론, 그 제목조차 기억 못 할 때가 많다. 예배의 구경꾼과 같은 타성화가 문제 아닌가?

유두고라는 청년은 창가에 걸터앉아 강론을 듣다가, 그만 졸음을 이기지 못하여 3층에서 떨어졌다.[73] 다른 이들과 같이 자지 말고, 오직 깨어 정신을 차릴지라.[74]

이것이 그러한가? 베뢰아에 있는 사람들처럼 간절한 마음으로 말씀을 받고 날마다 성경을 상고한다.[75]

---

[73] 사도행전 20:9~10(유두고라 하는 청년이 창에 걸터앉아 있다가 깊이 졸더니 바울이 강론하기를 더 오래 하매 졸음을 이기지 못하여 삼 층에서 떨어지거늘 일으켜보니 죽었는지라, 바울이 내려가서 그 위에 엎드려 그 몸을 안고 말하되 떠들지 말라 생명이 그에게 있다 하고) 참조.

[74] 데살로니가전서 5:5~6 참조.

[75] 사도행전 17:11 참조.

13

군대 이야기

모든 국민은 법률이 정하는 바에 의하여 국방의 의무[76]를 진다. 의무와 강제라는 징병제에 대한 재검토 등으로, 모병제의 특성에 대해서도 다각도로 논의되고 있다. 병역제도의 변화가 모색된다.

예비역에게는 이른바 '군대 이야기'가 한두 가지쯤 있다. 군대 이야기는 추억의 선물이기도 하여, 대화거리가 되기도 한다. 힘들었던 일과 새로운 경험들도 많지만, 단순하기 그지없는 일들도 꽤 많다.

7~8월에 접어들면, 야산에 있는 내무반 주변에는 한여름의 전령

(傳令) 중 하나인 온갖 매미들이 시끄럽게 울어댔다.

토요일 오후, 전령병(傳令兵)이 편지를 가지고 올까 기대하면서 부대 내 '단결 식당'에서 점심을 먹고, 내무반으로 뛰어와 창문을 모두 열어 놓았다. TV를 켠 다음 신나게 내무반 바닥을 걸레질하고 있었다. 그런데 갑자기 경쟁적으로 울던 매미들의 울음소리가 뚝 그쳤다. 순간 너무 조용하여, 무슨 일이 일어난 것인지 주위를 두리번거리다가 무심코 TV를 쳐다보았다. 가을의 전령 중 하나인 왕잠자리의 생태에 관한 프로그램이 방영되고 있었다.

3급수 정도의 수로(水路)에서 유충 생활을 하다가, 육상으로 나와 껍질을 벗고 창공을 향해 비상하는 왕잠자리의 생태 과정이 너무나도 인상적이었다. 방영하는 내내 청소하는 것조차도 잊고, 눈을 뗄 수 없게 만드는 내용에 집중했다.

유충이 물 밖으로 나가면 곧바로 죽을 수밖에 없을 텐데, 과연 유충 생활을 하던 왕잠자리가 물 밖으로 나갔을 때 하늘로 날 것이라는 사실을 지각하고는 있는 것일까라는 의문이 들었다. 그러나 작은 유충이 성충이 되어, 때가 되자 스스로 수초를 타고 육상으로 나가 힘겹게 껍질을 탈피하는 과정에서 충분히 지각하고 있음이 느껴졌다. 그 광경 하나만으로 자연생태의 경이로움이 느껴졌다.

전역 후에도 도시공원, 가로수 등 주변에서 매미들의 울음소리를 듣거나, 여러 잠자리를 볼 때면 당시 시청했던 왕잠자리의 생태에 대한 영상과 궁금해했던 내용, 느꼈던 감정들이 떠오르곤 했다.

근무지 바로 옆에는 야산이 있다. 여느 때와 마찬가지로 7~8월에 접어들면 야산에서는 여지없이 온갖 종류의 매미들이 시끄럽게 울어댔다.

그렇게 요란스럽던 매미 울음소리들이 언제 그랬느냐는 듯 그치고, 이상저온으로 일교차가 컸던 날이었다. 시내 장례식장 영안실에서 20대 후반의 자살한 변사자[77] 검시에 참여하게 되었다. 고인의 나이가 어렸기에 마음도 평소보다 무거웠다.

사체 안치실의 냉동 캐비닛에서 꺼낸 변사체 검시에 참여하던 중, 순간 군 복무 때 내무반에서 보았던 왕잠자리가 생각났다. 때가 되자 혼탁한 물속에서 유충 생활을 끝내고 육상으로 올라와, 우화 껍질을 남겨 놓고 푸른 하늘로 날아가는 장면이 파노라마처럼 선명히 떠올랐다. 동시에 그때 느꼈던 감정도 되살아났다.

사람들도 이 혼탁한 세상을 끝내고, 썩어질 사체를 남겨 둔 채 떠난다는 생각이 들었다.[78] 그러나 문제는 어디로 떠났느냐다. 옆

---

77) 변사자라 함은 자연사 또는 통상의 변사가 아닌 사인이 규명되지 않은 사체를 말하며, 사람의 사망이 범죄로 인한 것인가를 판단하기 위하여 수사기관이 변사자의 상황을 검사하는 것을 변사자의 검시라 한다.

에서는 조롱하듯 노려보는 눈초리와 함께 싸늘한 기운마저 감돌았다. 정신이 번쩍 들어 주변을 둘러보았다. 허탈함과 깊은 가슴 아픔이 밀려왔다. 울분도 났다.

절대 자살해서는 안 된다. 자살이야말로 스스로를 살인한 믿음 없는 행위이고, 회개할 기회조차 없는 속임을 당한 결과이기 때문이다. 죽은 사자는 산개보다도 못하다고 한다.[79] 끝까지 버티고 견디자. 살아 있는 한 소망이 있다. 인내로 영혼을 얻으리라고 한다.[80]

변사자 검시 참여를 마쳤을 때쯤, 그 많은 자살의 원인과 배경 뒤에는 모두의 책임도 있다는 생각이 들었다. 1030 세대 사망원인의 1위가 자살이라는 통계 수치[81]까지 있다.

자살 예방, 그 대책이 무엇보다도 우선시되어야 한다. 하나의 생명이 천하보다 귀하기 때문이다. 이와 관련하여, 국가는 국민의 소중한 생명을 보호하고 생명 존중 문화를 조성하기 위해 '자살 예방

---

78) 고린도전서 15:44(육의 몸으로 심고 신령한 몸으로 다시 살아나나니 육의 몸이 있은즉 또 영의 몸도 있느니라), 고린도전서 15:49(우리가 흙에 속한 자의 형상을 입은 것 같이 또한 하늘에 속한 이의 형상을 입으리라) 참조.

79) 전도서 9:4(모든 산 자들중에 들어 있는 자에게는 누구나 소망이 있음은 산 개가 죽은 사자보다 낫기 때문이니라) 참조

80) 누가복음 21:19 참조.

81) 「2020년 사망원인통계 결과」 2021. 9. 28. 통계청 보도자료 참조.

및 생명 존중을 위한 법률'을 제정했다. 이에 따른 자살 예방 교육, 우울증 및 자살위험자 조기 발견 상담체계 구축, 자살 시도자 치료 및 사후관리 등 많은 정책을 시행 중이다.

이와 더불어 우리 모두, 범죄와 자살을 예방하기 위해 함께 시행해야만 하는 최고의 법이 있다.

「네 이웃을 네 몸과 같이 사랑하라.」[82]

「우리가 알거니와 하나님을 사랑하는 자 곧 그의 뜻대로 부르심을 입은 자들에게는 모든 것이 합력하여 선을 이루느니라.」[83]

이것이 뒤늦게 '군대 이야기'가 되었다.

---

[82] 야고보서 2:8(너희가 만일 성경에 기록한 대로 네 이웃 사랑하기를 네 몸과 같이 하라 하신 최고의 법을 지키면 잘하는 것이거니와), 로마서 13:9~10(간음하지 말라 살인하지 말라 도둑질하지 말라 탐내지 말라 한 것과 그 외에 다른 계명이 있을지라도 네 이웃을 네 자신과 같이 사랑하라 하신 그 말씀 가운데 다 들었느니라 사랑은 이웃에게 악을 행하지 아니하나니 그러므로 사랑은 율법의 완성이니라), 마태복음 22:37~40(예수께서 이르시되 네 마음을 다하고 목숨을 다하고 뜻을 다하여 주 너의 하나님을 사랑하라 하셨으니 이것이 크고 첫째 되는 계명이요 둘째는 그와 같으니 네 이웃을 네 자신과 같이 사랑하라 하였으니 이 두 계명이 온 율법과 선지자의 강령이니라) 참조.

[83] 로마서 8:28.

14

술의 정체

술로 인한 사건·사고는 때와 장소, 사람을 막론하고 발생한다. 술에 취한 곳은 깊은 한숨과 고통만이 남아 있다. 술의 하수인이 되었기 때문이다.

"왜 이와 같은 짓을 저지른 것인가요?"

"술이 원수지요. 그때 내가 왜 그랬는지 죽고 싶은 심정입니다."

"그날 어느 정도 술을 마신 것인가요?"

"술이 술을 먹었습니다."

술의 정체이다. 술이 인간에게 어떤 영향을 미치는지, 다음과 같은 사건들을 통해 알 수 있다.

모든 악감정을 기억하게 만들어 부모를 칼로 찔러 죽이게 하고,

홧김에 술에 취한 자식을 몽둥이로 내리쳐 숨지게 한다.

처음으로 만취한 아내가 술에 취하면 폭행을 일삼던 남편이 잠든 사이, 남편에게 메어주던 넥타이로 남편의 목을 졸라 살해하게 하고, 알코올 중독자 남편이 생계를 위해 밤낮으로 일하는 아내를 바람났다고 의심하게 하여 주먹과 발로 아내의 온몸을 수차례 때리고 밟아 사망하게 한다.

동거하는 남녀를 술버릇 문제로 다투게 만들어 남자가 여자를 칼로 찔러 죽인 후 자살하게 하고, 유부남·녀를 불륜관계에 빠지게 하여 동반 자살하게 한다. 술값 지불 문제로 친구를 원수로 느껴지게 하여 무차별 때려 불구가 되게 하고, 사랑하는 연인끼리 싸워 헤어지게 하고, 이후 스토킹하게 한다.

한겨울에 덥다면서 바닷속으로 들어가게 하는 한편, 곧은 길이라면서 4차선 도로 한가운데로 걸어가게 한다.

바람 쐬러 나가도록 유인하여 음주운전 하게 하고, 사람을 치어 사망케 한 후 도주하게 한다.

담뱃불을 끄지 않고 들고 있는 채로 잠이 들게 하여 주택을 소훼케 하고, 가스 밸브를 열고 불을 지른 후 소화기를 사람에게 분사하게 한다.

신용카드를 훔쳐 훔친 카드로 술값을 계산하게 하고, 범행이 발각되면 흉기를 들어 강도로 돌변하게 하고, 갑자기 욕정을 일으켜

성추행·성폭력 하게 한다.

다른 사람의 주거지에 정신없이 침입하여 제집처럼 속옷까지 벗어 던지며 눕게 하고, 주차선에 따라 주차된 차들이 비틀비틀 주차된 것처럼 보여 차들의 후사경을 돌로 모조리 깨 파손하고, 깨진 유리로 몸도 찢게 한다.

아무에게나 욕설하게 하고, 아무 곳에서나 소변을 누게 하고, 뜨거운 음식물이 끓고 있는 냄비를 집어 들어 다른 사람에게 던지게 하고, 술 탁자를 뒤엎게 한다.

'살인사건이 발생했다.', '마약을 투약했다.', '성매매를 하고 있다.', '불이 났다.' 등의 내용으로 새벽까지 거짓 신고하게 한다.

자동차, 자전거, 신발, 옷 등 제 것과 비슷한 것이 보이면 무조건 제 것으로 생각하고 가져가게 하고, 지갑 등을 강취·절취당하고도 기억조차 못 하게 한다.

술 취한 자를 끊임없이 빚어 내며 술을 더 주지 않는다는 이유로, 술을 먹지 않는다는 이유로, 술값을 지급하지 않았으면서 지급하였다는 이유로 싸우고, 또 싸우게 한다.

이런 술, 쳐다보지도 말라 한다.

「재앙이 뉘게 있느뇨? 근심이 뉘게 있느뇨? 분쟁이 뉘게 있느뇨? 원망이 뉘게 있느뇨? 까닭없는 상처가 뉘게 있느뇨? 붉은 눈이 뉘게 있느뇨?

술에 잠긴 자에게 있고 혼합한 술을 구하러 다니는 자에게 있느니라.

포도주는 붉고 잔에서 번쩍이며 순하게 내려가나니 너는 그것을 보지도 말지어다.

그것이 마침내 뱀 같이 물 것이요 독사 같이 쏠 것이며 또 네 눈에는 괴이한 것이 보일 것이요 네 마음은 구부러진 말을 할 것이며 너는 바다 가운데 누운 자 같을 것이요 돛대 위에 누운 자 같을 것이며 네가 스스로 말하기를 사람이 나를 때려도 나는 아프지 아니하고 나를 상하게 하여도 내게 감각이 없도다. 내가 언제나 깰까 다시 술을 찾겠다 하리라.」[84]

술 취함, 이제 지나간 때로 족하다.[85]

84) 잠언 23:31~35.

85) 베드로전서 4:3(너희가 음란과 정욕과 술취함과 방탕과 향락과 무법한 우상숭배를 하여 이방인의 뜻을 따라 행한 것은 지나간 때로 족하도다) 참조.

Ⅰ. 봄·여름

15

백구와 몽실이

장마가 끝나고 본격적인 휴가철이 왔다. 그런데 주말 오후, 국지성 소나기가 쏟아지고 햇빛 나기가 서너 번 반복되더니 다시 빗줄기가 굵어졌다. 이번에는 좀처럼 그칠 것 같지 않다.

주변 상황 역시 날씨만큼이나 변덕스럽고, 예측할 수 없다. 사무실은 위·아랫사람들에게 변명도 소용없는 억울한 일들이 벌어졌어도 침묵하여야만 하는 상황이고, 가정에서 오직 믿고 기다려야만 하는 일도 생겼다. 용서[86]해야만 하거나, 받아야 하는 사람들도 많아 보였다.

작아진 빗줄기가 땅속 깊이 스며들 듯, 빗줄기가 다시 줄어들 무렵 생각도 그만큼 깊어졌다. 그러면서, 그러한 일들이 발생한 것은 자랑[87]과 무관하지 않음을 깨닫게 되었다.

그날 저녁, 오랜만에 고등학교 동창을 만나 식사를 함께했다. 동창은 첫 모습부터 기분이 아주 좋아 보였다. 나 역시 기분 좋은 모습을 유지하려고 노력하였으나 쉽지는 않았다. 동창이 먼저 물었다.

"오랜만이야. 애들 대학 졸업할 때 안 됐냐?"

"아직 재학생이야."

"아, 그렇구나."

"너는?"

"아들은 의대 졸업생이고, 딸은 고등학교 졸업과 동시에 공기업에 들어갔어. 봉급이 괜찮은 것 같더라고. 바로 대학에 안 가도 돼. 공부하고 싶으면 얼마든지 취업 후에도 할 수 있고."

"그래, 정말 축하한다."

동창은 내 안부를 묻더니 곧바로 자녀 자랑을 늘어놓았다. 자랑을 위해 내 안부를 먼저 물은 것 같았다. 그러나 어찌 되었건 동창

---

86) 마태복음 6:14~15(너희가 사람의 잘못을 용서하면 너희 하늘 아버지께서도 너희 잘못을 용서하시려니와 너희가 사람의 잘못을 용서하지 아니하면 너희 아버지께서도 너희 잘못을 용서하지 아니하시리라) 참조.

87) 야고보서 3:14(그러나 너희 마음속에 독한 시기와 다툼이 있으면 자랑하지 말라), 잠언 27:1(너는 내일 일을 자랑하지 말라 하루 동안에 무슨 일이 일어날지 네가 알 수 없음이니라) 참조.

의 자녀들이 잘 되고 있으니, 진심으로 축하해 주었다.

그날 동창으로부터 다른 동창들의 사업 성공과 실패 및 자녀들 소식을 많이 들었다. 식사가 거의 끝나갈 무렵 동창이 또 물었다.

"휴가는 갔다 왔냐?"

"아니, 못 갔어. 너는?"

"그동안 애들 공부 때문에 휴가 한번 제대로 같이 가지 못했어. 그래서 이번 휴가만큼은 큰마음 먹고 일주일 정도 호주라도 갔다 오려고 해."

"호주라도? 그래, 잘 다녀와라."

동창이 식사비를 내겠다고 하는 것을 만류하고 내가 냈다. 우리 동네까지 온 동창의 식사비를 내주지 않으면, 다른 동창에게 식사비를 내지 않은 내 이야기를 꺼내며 다시 본인 자랑을 할 것만 같았다. 자랑이 많은 사람은 그만큼 말이 앞서 나간다.

그 동창을 보니 나 또한, 한때 그런 방법으로 내 자랑을 해왔음이 생각났다. 동창과 헤어지고 집으로 돌아가는 길, 자녀들을 위해 많은 기도를 하였다.

버스 안의 라디오 방송에서는 온통 여름휴가 이야기가 흘러나온다. 이번 여름휴가에는 가까운 곳이라도, 아니면 고향 마을이라도 가족과 함께 다녀와야 할 것 같았지만, 아내와 자녀들의 교회학교

원칙과 품격

여름 수련회 날짜가 각각 달랐다. 가족 휴가를 갈 수 없는 상황이었다. 올해도 아내와 자녀들은 교회 여름학교 수련회 활동과 봉사로 휴가를 대신하기로 하였다.

며칠 후 아내와 자녀들이 여름 수련회를 떠나고 혼자 집에 남았다. 몇 분도 채 지나지 않았는데, 텅 빈 집이 허전하게 느껴졌다. 점심으로 먹을 배달 음식을 주문하고 소파에 앉아 한동안 고향 마을을 그려 보았다. 마을 어귀에 있던, 그렇게 커 보였던 유년 시절의 교회는 너무 작아져 있었다. 교회 앞에 있던 방죽 역시 지금은 작은 연못에 불과하였다.

마을 중앙에 있는 부모님 집에 들어서자, 누나들이 시끌벅적 떠들며 메주를 찧던 절구통이 허청(虛廳)의 모서리에 그대로 있었다. 바로 뒷동산에 올라가 보았다. 뒷동산에는 조상 묘소가 있고, 묘소로 가는 길옆에는 내가 대학에 입학할 때까지 부모님의 소유였던 밭과 논, 그리고 산들이 어우러져 있었다.

묘지 주변에서 시간 가는 줄 모르고 동네 친구들과 함께 야구, 축구, 총싸움, 기마전, 연날리기, 제기차기, 자치기, 벽돌 치기, 무궁화 꽃이 피었습니다, 오징어 게임 등 여러 가지 놀이를 하였다.

나와 형제들은 그 밭에서 봄에 마늘을 심고, 여름에 깻잎을 따고, 가을에 콩 털고, 겨울에 대파를 캤다. 논에서는 이른 봄에 발이 시리도록 못자리 일을 돕고, 그 사이에 보리가 익으면 베고, 여름에 김을 매고 농약을 치고, 가을에 추수하고 볏단을 날라 마당에서 타작일을 돕고, 겨울이면 내년 농사를 위해 볏짚 퇴비를 뿌렸다. 산에서는 봄에 진달래꽃 보며 고사리를 뜯고, 여름에 아카시아꽃 따 먹고, 가을에 밤 따고, 겨울에 나무를 하고 눈이 오면 토끼몰이를 하였다.

논 옆에는 할머니, 할아버지 때부터 소나무 몇 그루가 쭉쭉 푸르게 자라고 있다. 형제들과 부모님 일을 도우면서 소나무 아래 모여 앉아 새참을 먹기도 하였다. 그때 나는 일하기가 너무 싫어 논이 없었으면 좋겠다는 생각도 하였다. 지금 돌이켜 보면 그런 마음을 가졌던 것이 아쉽다. 그 논과 밭, 산이 정말로 다른 사람의 소유가 되었기 때문이다.

부모님은 조상 대대로 내려오는 논과 밭, 산을 우리 형제들을 위해 처분하였다. 그런데 새로운 소유자가 논과 밭을 터파기하여 민물고기 양식장을 만든 바람에 온통 훼손됐고, 산은 납골 묘소가 되다시피 하였다.

모든 추억이 짓밟힌 기분에 훼손된 광경을 다시는 보기 싫어졌다. 고향을 떠난 사람들이 고향에 자주 오지 않는 이유를 조금은 알 것 같았다.

사건에 연루되어 고향 땅을 잃은 사람들도 참 많다. 고향은 포근함도 있지만 많은 아픔과 상처도 함께 남아 있다. 부모님도 어렸을 때 다른 사람으로부터 상당한 보증 피해를 입었다는 말을 들었다.

남의 소유가 된 논과 밭, 산을 바라보자니, 이를 팔기로 했던 부모님의 마음을 조금은 알 것 같아 애가 끓는다.

비록 논과 밭, 산은 다른 사람에게 넘어갔지만, 부모님은 논, 밭, 산으로 우리 형제들의 둥지를 만들어 주셨고, 우리는 산에서 마신 맑은 공기, 논과 밭에서 먹었던 많은 영양분으로 지금도 쭉쭉 자라고 뻗어 나가고 있다.

고향 마을에는 이제 부모님 집과 텃밭만 있다. 그리고 텃밭을 지나 대문에 이르면 대문 옆에 백구 집이 있다.

나는 반항심도 많아, 학교에 다녀오면 아버지 앞에서 아버지가 좋아하는 백구를 이유 없이 발로 걷어차곤 하였다. 그때 백구는 부모님이 논과 밭, 산으로 일을 나가실 때마다 항상 따라갔었다. 백구는 영문도 모르고 나한테 걷어차이고 맞았다. 아버지가 집에 없을 때는 백구와 함께 신나게 놀기도 하였다.

백구는 맞고도 장난치며 놀아 주면, 금방 신이 나서 또 나를 따랐다. 아버지가 되어서도 자녀들의 행동이 마음에 들지 않으면, 자녀들이 좋아하는 몽실이를 상대로 백구에게 하던 짓[88]을 똑같이 한다. 가끔 백구 생각이 난다.

초인종이 울렸다. 아내나 자녀들이 벌써 여름 수련회에 갔다 왔

---

88) 동물보호법 제10조(동물 등의 학대금지)에 해당하는 동물학대를 한 것은 아니다.

나 싶어 깜짝 놀라 눈을 떴다. 배달 음식이 도착한 것이었다. 몽실이를 쳐다보니, 시큰둥하게 자기 집에서 쪼그리고 앉아 나오지 않는다. 아내와 자녀들이 집에 왔을 때 현관 앞에서 좋다고 뛰는 모습과는 대조적이다. 아내나 자녀들이 옆에 없으니 힘이 나지 않는 모양이다. 몽실이가 조금은 안쓰러워 보였다.

배달 음식을 놓아두고, 몽실이를 목욕시켰다. 밥을 주며 끌어안아 주기도 했다. 음식은 식은 지 오래였다. 밥을 먹고 있는데, 옆에서 몽실이가 재롱을 떨었다. 백구가 있던 고향 마을이 가끔 그립다. 몽실이와 함께 있으며 머릿속으로 고향 마을을 그려만 봐도, 아주 조용한 곳으로 휴가를 갔다 온 기분이 들었다. 자녀들에게 사랑을 표현하라고 한다. 그러나 말로 표현할 수 없는 사랑이 더 많았던 오후였다. 지금은 우리 부부도 날마다 자녀들에게 밑거름되는 둥지를 짓는다. 자녀들 방에 걸려 있는 십자가가 크게 보였다.

「할렐루야, 여호와를 경외하며 그의 계명을 크게 즐거워하는 자는 복이 있도다. 그의 후손이 땅에서 강성함이여 정직한 자들의 후손에게 복이 있으리로다. 부와 재물이 그의 집에 있음이여 그의 공의가 영구히 서 있으리로다.」[89]

---

89) 시편 112:1~3.

16

쉴 만한 곳

태풍(颱風, Typhoon)도 시간이 지나면 소멸하는 섭리 안에 있다. 태풍으로 떨어지는 푸른 나뭇잎과 낙과도 있지만, 더 아름다운 단풍된 낙엽과 맛있게 맺힌 열매도 있다. 큰 재앙으로 이어질지 모르는 적조나 오염된 공기는, 태풍으로 인해 사라지기도 한다.

오후 내내 남부지방을 거쳐 동해안으로 빠져나갈 것으로 예상되었던 태풍은 세력을 더욱 확장하여 중부지방을 강타하고 지나갔다.

관할지역에는 농경지와 과수원 농가들이 많다. 해마다 태풍과 폭우로 인해 마을 진입 도로, 농수로 등이 유실되거나 붕괴하여, 해당 기초자치단체에서는 매년 많은 예산이 수해 복구비 명목으로 지출되고 있다.

올해 역시 해당 기초자치단체에서는 많은 태풍과 폭우에 대비하였으나, 예상했던 것보다 더 큰 피해가 발생하고 말았다. 태풍과 폭우로 생활의 터전을 잃은 수재민들은 한숨뿐이지만, 폐기물처리업자나 전문건설업자들은 쓰레기 처리 및 긴급 보수공사업무의 폭주로 연 매출 목표를 한순간에 달성할 수 있는 상황이다.

그러므로 업자들 간에 단기간 수주 경쟁 등이 벌어지고, 매년 같은 유형의 고질적인 범행도 반복적으로 생기기 마련이다.

그런데 올해의 경우는 수해 복구와 관련해, '업자들이 일부 수재민들과 공모하여 복구 공사비 등을 과대 계상하여 공사비를 편취하였다. 관련 공무원들의 묵인하에 부실시공 등으로 국고, 또는 기초자치단체에 손실을 입게 하였다'는 신고가 있어 수사[90]가 진행되었다.

수사 중 한 수재민은 이전부터 형제끼리 재산 분배 문제로 싸워 서로 고소하며 왕래가 없다가, 태풍으로 인한 피해 복구를 하는 과정에서 고소를 취소하고 형제의 정을 회복하는가 하면, 다른 수재민은 업자와 눈이 맞아 수해 복구 공사비를 편취하는 공범이 되고, 나아가 태풍보다 복구할 수 없는 불륜에 바람까지 휘몰아치기도 하였다. 사람들은 참 괴상하게도 아무 상황에서나 끼리끼리 눈이 맞는다. 눈이 먼저 죄를 범하지 않도록 바로 보아야 함이 분명하다.[91]

---

90) 특정범죄 가중처벌 등에 관한 법률 제5조(국고 등 손실) 등.

그 무렵 수해 복구 지역의 농촌 일손 돕기도 함께 나섰다. 직접 현장에 가보니 피해는 생각보다 컸다. 태풍은 관내 배나무 과수원을 거의 초토화시키고 지나갔다.

일손 돕기 과수원의 주인은 "그래도 배나무 가지가 많이 부러지고 낙과도 많았지만, 배나무가 쓰러진 것은 아니니 괜찮습니다. 강한 태풍이 올 때 오히려 가지쯤은 부러져야 나무가 쓰러지거나 뽑히지 않는 것 아닌가요? 우리 삶도 태풍을 맞거나 온갖 풍파로 가지쯤 부러진 것 가지고 너무 괴로워할 필요는 없습니다. 쓰러지지만 않으면 돼요."라며 배나무에서 몇 개 남지 않은, 막 익기 시작한 배 몇 개를 주섬주섬 따 웃으며 건네주었다. 돈 주고도 살 수 없는 배였다.

수재민들의 가슴 아픈 사연과 구슬땀이 뒤범벅되어 모두 피곤함도, 손이 부르트는 줄도 모르고 일했다. 이마의 땀이 마를 때쯤 태풍이 혹독한 피해를 남겼지만, 새로운 이웃 간의 사랑을 싹 틔우고 채웠음을 알 수 있었다.

수해 복구 일손 돕기를 마치고 돌아가는 길, 43호선 국도 옆 군

---

91) 잠언 4:25~26(네 눈을 바로 보며 네 눈꺼풀을 네 앞에 곧게 살펴 네 발이 행할 길을 평탄하게 하며 네 모든 길을 든든히 하라), 마태복음 6:22(눈은 몸의 등불이니 그러므로 네 눈이 성하면 온몸이 밝을 것이요) 참조.

데군데 쓰러져 있거나 누워 있는 가로수가 눈에 들어왔다. 한 그루씩 심겨 있거나 뿌리가 약한 가로수는, 태풍과 폭우를 맞고 그렇게 쓰러져 있었다. 어떤 가로수는 작년 태풍으로 쓰려져 다시 심었다가, 올해 또다시 쓰러진 것 같았다.

그러나 뿌리가 깊은 나무, 뿌리가 서로 뒤엉켜 있는 나무는 태풍과 폭우에도 끄떡없어 보였다.

세상 풍파가 심하다. 쉴 만한 곳을 찾아가 깊이 뿌리 내리자.[92]

---

92) 찬송가 209장 '이 세상 풍파 심하고' 가사, 시편 119:105(주의 말씀은 내 발에 등이요 내 길에 빛이니이다) 참조.

17

거짓말쟁이들

거짓말쟁이도 수준이 있다. 우선 귀신급 거짓말쟁이의 이야기부터 하겠다.

장군 신을 모시고 있다는 혐의자는 자신을 찾아온 피해자 부부의 아들에게 외상성 스트레스 증후군 정도의 신경적인 증세가 있다는 사실을 알고, '굿을 하지 않으면 아들이 죽는다.'라고 겁을 주어 굿을 하게 하였다.

그 후 혐의자는 3년에 걸쳐 피해자들과 교제하며 '굿을 하여 우선 아들의 죽음은 면했다. 그러나 완전한 것은 아니다. 굿을 계속해야 한다.', '정성이 부족하여 장군 신이 노했다. 노를 달래기 위해 옷과 반지를 해 줘야 한다.', '부모들이 그 사이 부정을 저질러 아들이 큰 병이 날 것이니 막기 위해 굿을 해야 한다.', '그동안 굿에 대해 불평해 장군 신이 다시 노했으므로 이를 달래는 굿을 해야 한다.' 등의 허황한 구실들을 갖다 붙이며 굿을 계속하도록 유노하였다.

남편은 대기업 임원, 부인은 공기업 직원이었음에도 어처구니없이 수억 원을 편취당하였다. 남편은 그의 말을 듣지 않으면 큰일 난다며, 고소한 아내를 탓할 정도였다. 거짓말쟁이들과 교제하지 말아야 한다.[93] 그들의 올무에 걸려들 수 있다.

다음은 마귀급 거짓말쟁이 이야기다.

혐의자들은 안수기도로 몸에 들어 있는 귀신을 쫓아내 병을 낫게 해주겠다는 명목으로 수백만 원을 받고, 그들의 제자라는 65세의 남자를 밤새도록 폭행하여 사망하게 했다. 그런데도 혐의자들은 안수기도만 했을 뿐, 폭행은 없었다고 부인하였다.

혐의자들을 상대로 피해자의 사망 추정 시간인 새벽 2시경의 행적을 추궁하였더니, 그들은 그 시간에 신약 성경 중 로마서를 함께 두 번씩 큰소리로 읽고 묵상하고 있었다고 변명하였다.

---

93) 고린도전서 10:20(무릇 이방인 제사하는 것은 귀신에게 하는 것이요 하나님께 제사하는 것이 아니니 나는 너희가 귀신과 교제하는 자가 되기를 원하지 아니하노라) 참조.

혐의자들은 조사를 받는 도중에도 암송한 성경 말씀을 스스로 터득한 것처럼 포장하여 말하고, 신유 능력이 있는 양 행세하였다. 그들의 공동 언행 심사는 피해자의 유가족들은 물론, 일반인까지 속이고도 남을 정도였다.

혐의자들은 사체 부검 등을 통하여 범행이 충분히 입증되었음에도, 피해자의 사망은 피해자가 자신들의 능력을 받아들이지 않아 발생한 결과일 뿐, 자신들의 행위와는 무관하다고 주장하였다. 거짓말쟁이들의 가르침을 따라서는 안 된다.[94]

다음은 사탄급 거짓말쟁이 이야기다.

각종 단체 등에 출강하고 있는, 자칭 국내 최고의 수맥 및 풍수지리연구가라는 사람의 강의를 들었던 적이 있다. 그는 한의학적 건강관리와 동양철학 등을 강의하던 중, 어느 순간부터 우리나라 역대 대통령들 조상 묘소에 흐르는 수맥을 차단해 줌으로써 그 후손들이 복을 받게 해주었다며 능숙하게 거짓말을 시작하였다.

"조상 묘소에 물이 차 있으면 3대째 자손이 끊기는 법입니다. 저는 지하 1,500m까지 볼 수 있습니다. 조상 묘에 물이 차 있는지 궁

---

94) 디모데전서 4:1(그러나 성령이 밝히 말씀하시기를 후일에 어떤 사람들이 믿음에서 떠나 미혹하는 영과 귀신의 가르침을 따르리라 하셨으니) 참조.

금하신 분은 강의가 끝나고 난 후 개인적으로 연락을 주십시오. 저는 귀신과 마귀도 쫓아낼 수 있습니다. 제가 지금까지 정치인, 교수, 재계 인사 등 우리나라에서 내로라하는 분들 조상 묘소의 수맥을 차단해 줌으로써, 그 자손이 복을 받고 번성하게 해주어 그들로부터 받은 돈 중 사회에 기부한 금액만 해도 500여억 원이 넘습니다.”

자리에 더는 앉아 있을 수가 없었다. 그런데도 사람들은 '재미로', 또는 '아니면 그만'이라는 식으로 오늘의 운세를 보듯 청강하고 있었다. 그런 거짓말을 듣는 데 익숙해진 것 같았다. 그가 우리 민족 정서와 장묘문화 배경에 기대어 거짓말을 하기 때문인 듯했다.

거짓말쟁이들은 자신을 광명의 천사로, 그의 일꾼들은 의의 일꾼으로 가장하므로 속아서는 안 된다.[95] 그들은 대적해야 할 사람들이다.[96]

오늘도 거짓말쟁이들은 여기저기서 우는 사자 같이 두루 다니며 삼킬 자를 찾아 활개를 친다.[97] 그러나 거짓의 아비, 그들은 내쫓길 수밖에 없다.

---

[95] 고린도후서 11:14~15(이것은 이상한 일이 아니니라 사탄도 자기를 광명의 천사로 가장하나니 그러므로 사탄의 일꾼들도 자기를 의의 일꾼으로 가장하는 것이 또한 대단한 일이 아니니라 그들의 마지막은 그 행위대로 되리라) 참조.

[96] 야고보서 4:7(그런즉 너희는 하나님께 복종할지어다 마귀를 대적하라 그리하면 너희를 피하리라) 참조.

「너희는 너희 아비 마귀에서 났으니 너희 아비의 욕심대로 너희도 행하고자 하느니라. 그는 처음부터 살인한 자요. 진리가 그 속에 없으므로 진리에 서지 못하고 거짓을 말할 때마다 제 것으로 말하나니 이는 그가 거짓말쟁이요. 거짓의 아비가 되었음이니라.」[98]

「큰 용이 내쫓기니 옛 뱀, 곧 마귀라고도 하고, 사탄이라고도 하며 온 천하를 꾀는 자라 그가 땅으로 내쫓기니 그의 사자들도 그와 함께 내쫓기니라.」[99]

---

97) 베드로전서 5:8(근신하라 깨어라 너희 대적 마귀가 우는 사자같이 두루 다니며 삼킬 자를 찾나니) 참조.

98) 요한복음 8:44.

99) 요한계시록 12:9.

II

가을·겨울

01

고개를 들지 못하는 사람들

휴대전화는 일상생활에서 필수불가결(必須不可缺)한 물건이 되었다. 휴대전화 하나만으로도 만들 수 있는 환경, 문화의 세계는 무궁무진하다.

휴대전화를 비롯하여 많은 문명의 이기를 만들어 낸 사람들은 이를 활용함으로써 더 여유로워져야 하지만, 오히려 조급해질 뿐이었다. 자신과 생각이나 판단을 달리하는 사람과는 대면하거나 대화조차도 하지 않으려 한다. 또한, 지식정보사회와 맞물려 사람들의 개인주의는 끝없이 심화(深化)되어간다.

그러므로 인터넷 공간은 범죄자들의 또 다른 사업장이 되었다. 그들은 그곳에 많은 그물을 쳐 놓고 속칭 '먹잇감'이 걸려들기만을 기다린다. 이때 휴대전화는 그들의 중요한 범행 도구 중 하나이다.

피해자는 수도권에 있는 부동산을 금융기관으로부터 담보 대출받아 사업목적으로 매수하였으나, 사업 시행이 지체되어 장기간 대출 원리금을 갚지 못하게 되었다.

이에 금융기관에서는 민사집행법[100] 등에 따라 부동산의 담보권 실행을 위한 경매에 이르렀고, 이후 집행법원은 사실상 부동산에 대한 임의경매절차를 종료한 상태였다.

그러나 피해자는 임의경매절차가 진행 중일 때, 부동산에 대한 개발 호재가 겹쳐 시세가 급등하고 있었음에도 이를 반영하지 않고 결정된 부동산의 경매가는 잘못된 것이므로, 이를 터 잡아 불복 신청하면 시세 상승분에 상당하는 금액을 보전받을 수 있을 것으로 판단하였다.

그리하여 그 무렵 인터넷상으로 이와 관련된 지식 정보 확인 및 법률 상담을 하였으나, 그 상황에서는 불복 및 보전 방법 등이 없다는 답변이 대부분이었다.

뒤늦게 피의자가 법조 브로커라는 사실을 알게 되었는데, 그 과정에서 해당 법조 브로커만은 이의(異議)의 소(訴) 등을 제기하여 일

---

100) 이 법은 강제집행, 담보권 실행을 위한 경매, 민법, 상법, 그 밖의 법률 규정에 의한 경매 및 보전처분의 절차를 규정함을 목적으로 한다.

부승소의 가능성도 있다고 말했다. 피해자는 자신의 상식적인 판단이 옳았다는 생각에 법조 브로커를 만날 수밖에 없었다고 하였다.

당시 해당 법조 브로커는 사무실도 없었다. 그런데도 사무실이 있는 것처럼 피해자에게 전화하여, 사무실의 주차 공간이 협소하니 근처 커피숍에서 만나자고 유인하였다.

피해자를 만난 법조 브로커는 능수능란하게 휴대전화를 다루며 연락처에 임의로 입력해 놓은, 전혀 친분 없는 수많은 법조인 명단을 검색하여 피해자에게 보여 주었다. 고위급 출신 법조인도 한두 명 언급하며 소송수행에 강한 자신감을 드러냈다.

피해자는 법조 브로커가 휴대전화를 다루는 능력만큼 실력이 상당하고, 법조인들과의 친분이 두텁다고 판단하여 소송을 위임하였다. 이후 여러 차례에 걸쳐 법조 브로커가 통화 및 문자메시지로 긴급하게 요구하는 금액 수억 원을 소송비용 명목으로 준 것이다.

법조 브로커[101]에게 위임한 소송 내용이나 소송비용 지급에 대하여, 정상적인 법률사무소 등을 방문해 단 한 번이라도 상담하였더라면 피해자는 연속된 손해는 입지 않을 수 있었다.

법조 브로커가 구속되었을 무렵, 피해자는 그를 구속함으로써 소송수행이 제대로 되지 않았다는 이유로 지속적인 항의를 했다. 그

---

101) 변호사법 제112조(벌칙) 참조.

를 향한 피해자의 신뢰도는 보이스 피싱(Voice phishing) 피해자 이상이었던 것 같았다.

세상에는 천(千)의 얼굴을 가진 사람들이 너무 많다. 브로커만 하더라도 법조 브로커를 비롯하여 개발 브로커, 선거 브로커, 결혼 브로커, 대출 브로커, 병역 브로커, 성형 브로커, 여권 브로커, 직업 알선 브로커, 탈북 브로커 등 직역(職域)마다 있다. 이들은 해당 직역에서 배우보다 연기를 잘하는 전문가들이다.

비정상적인 방법으로 어떤 일을 수행하고자 하면, 그곳에는 해당 브로커가 기다리고 있다. 브로커들은 그런 사람을 정확히 알아본다. 해당 직역에 무지(無知)한 사람들보다 앞선 피해자처럼, 관련 지식 정보가 어느 정도 있는 사람들이 표적이 되기 쉽다.

브로커들은 해당 직역에 종사하는 사람들의 장단점을 속속들이 알고 이를 이용하여, 불가능을 가능하게 할 것처럼 강한 자신감을 표출하며 접근한다. 그렇기에 뿌리치기 어렵고, 결국에는 브로커들의 그물에 걸려들 수밖에 없다. 그리고 '먹잇감'이 걸려들면 수시로 전화하여 신뢰 관계를 쌓아 다른 생각은 물론, 자신 외 다른 사람들과 대화 자체를 못하게 만든다. 빠져나갈 수 없게 하는 그들만의 포섭 노하우까지 있는 것이다.

보이스 피싱 범죄를 비롯하여 휴대전화를 이용한 각종 범죄는 날로 진화하며, 수법도 다양하고 대담하다. 모든 사람이 범죄의 대상이다.

설상가상으로, 사람들은 스스로 쥐고 있는 작은 휴대전화 화면에 완전히 포로가 되었다. 마치 죄인들처럼 여기저기서 고개를 들지 못하고 휴대전화 독방에 갇혀 있다.

그곳에서 쉽게 벗어나는 방법이 있다. 그것은 바로 소소한 원칙과 품격 속에 있다. 휴대전화는 손에 들거나, 몸에 지니고 다니면서 통화하는 전화기이다.

그 시간, 고개를 들자.
「빛의 자녀들처럼 행하라.」[102]
그리고 대화하자.
「오라, 우리가 서로 변론하자.」[103]

---

102) 에베소서 5:8.

103) 이사야 1:18.

02

당신만은

초가을 하늘이 유난히 높다. 바람이 불 때마다 멋진 뭉게구름이 요술을 부리듯 바뀌며 지나간다. 빨리 지나가는 귀한 시간이 눈으로 보이는 듯하다.

동료, 선후배 등으로부터 본인이나 자녀들의 결혼 청첩장을 받곤 한다. 그때마다 축복기도를 한다.

결혼은 남자와 여자가 부부로 맺어지는 것을 말하고, 이혼은 합의, 또는 재판상 청구에 의해 부부관계를 끊는 것을 말한다.[104] 여기서 결혼은 '부부로 맺어지는 것'이고, 이혼은 '부부관계를 끊는

---

104) GOODTV 성경사전 참조.

원칙과 품격

것'이라는 표현을 주목할 필요가 있다.

짝지어 주신 것을 사람이 나누지 못할 것[105]임에도 불구하고, 우리나라 이혼율은 세계 최고 수준이다. 신랑과 신부의 품격으로 끝까지 신의를 지키지 않는 사람들이 그만큼 늘고 있기 때문이다. 거기다 황혼이혼까지 급증하고 있다. 결혼을 귀히 여기라[106]고 하지만, 결혼 그 자체가 범죄의 수단으로 이용되는 경우가 종종 있다. 바로 결혼을 빙자한 사기이다.

어느 날, 중소도시 전통시장에서 옷가게를 운영하는 미혼 여성에게 30대 후반의 건장한 남자가 찾아왔다. 남자는 그날 여자에게 영어가 포함된 어수룩한 말투를 사용하며, 여러 종류의 남성복 바지를 꼼꼼히 골라 에누리 없이 옷값을 지불하고 홀연히 사라졌다.

일주일 후쯤 다시 나타난 남자는 속옷가지를 듬뿍 사 간다. 그리

---

105) 마태복음 19:6(그런즉 이제 둘이 아니요 한 몸이니 그러므로 하나님이 짝지어 주신 것을 사람이 나누지 못할지니라 하시니) 참조.

106) 히브리서 13:4(모든 사람들은 결혼을 귀히 여기고 침소를 더럽히지 않게 하라), 말라기 2:16(나는 이혼하는 것과 옷으로 학대를 가리는 자를 미워하노라 만군의 여호와의 말이니라 그러므로 너희 심령을 삼가 지켜 거짓을 행하지 말지니라), 고린도전서 7:10~11[결혼자들에게 내가 명하노니(명하는 자는 내가 아니요 주시라) 여자는 남편에게서 갈라서지 말고(만일 갈라섰으면 그대로 지내든지 다시 그 남편과 화합하든지 하라) 남편도 아내를 버리지 말라] 참조.

고 다음 날, 남자는 손님이 한산할 때 찾아와 바쁜 일이라도 있는 것처럼 남성복 상의를 신속히 고르고 여자가 말을 걸어오기만을 기다린다. 옷값을 지급할 때 드디어 여자가 인사를 건넸다.

"안녕하세요, 바쁘신가 봐요."

"미국에서 옷가지도 제대로 가지고 들어오지 못했습니다. 부모님과 함께 어렸을 때 이 도시에 살다가 이민하였습니다."

"네, 그랬군요."

여자가 대답하자, 남자는 미소를 지으며 각본대로 말을 이어간다.

"그런데 부모님이 역이민하고 싶어 하십니다. 그러면서 저에게 이 도시 인근에서 괜찮은 음식점을 하나 운영하면서 결혼도 한국에서 하라고 하셔서, 할 수 없이 먼저 귀국하여 지금 주택 겸 음식점 건물을 짓는 중입니다. 다음에 또 뵙겠습니다."

그 후 남자는 일주일을 기다렸다가 상점을 찾아와 지나가는 길에 들렀다고 관심 있게 말하며, 필요 없을 듯한 속옷가지를 또 구매한다. 그리고 상점을 나갈 무렵 여자에게 묻는다.

"영업은 언제 끝나시나요?"

"왜 그러시죠?"

"식당에서 혼자서 밥을 먹기가 좀 어색해서요. 시간이 되시면 식사라도 함께하였으면 합니다."

여자 역시 혼자 밥 먹기를 자주 해 온 터라, 남자와 만나기로 약속한다. 남자는 속으로 쾌재를 부른다. 식사 약속이 있는 날, 남자는 렌트한 고급 승용차를 운전하여 여자와 함께 도시 외곽의 식당으로 향한다. 그리고는 신축 중인 건물을 가리키며 자신이 짓고 있다는 주택 겸 음식점 건물인 것처럼 이야기한다. 여자는 고급 승용차가 렌트카라고는 생각도 못한다.

식당에 도착하여 분위기 있게 식사한 후, 남자는 여자에게 각본대로 말한다.

"시간을 내주어 정말 고맙습니다. 갑자기 귀국하는 바람에 미처 준비를 다 하지 못했습니다. 딱히 믿을 만한 사람도 없어서 그러는데, 부탁 하나 해도 되겠습니까? 공사 기간을 맞추기 위해서 급히 사야 할 자재가 좀 있는데, 아버지로부터 송금이 늦어졌습니다. 송금이 있을 때까지만 자재를 사서 공사할 수 있도록 도와주면 은혜를 절대 잊지 않겠습니다. 그리고 송금받는 즉시 이자는 충분히 쳐서 갚아 드리겠습니다."

여자는 호감을 표시한다. 남자는 이 기회를 놓치지 않는다.

"사실은 미국에서 옆집에 살던 누나가 먼저 들어와 지금 강남에서 살고 있습니다. 그 정도의 돈은 잠깐 누나에게 빌리는 것은 별문제가 없습니다. 그러나 얼마 있으면 아버지도 귀국 예정인데…. 이번에 도움을 주시면 아버지에게 그동안 제가 자금융통 등 많은 도움을 받았다고 자연스럽게 소개할 생각입니다. 그때 같이 한번 아버지를 뵈었으면 좋겠습니다."라는 말로 여자와 결혼할 의사가 있는 양 독침을 놓는다. 잠시 후, 남자는 여자가 들을 수 있도록 누나라는 여자에게 전화하여 간단한 안부 인사를 나누고, "송금이 조금 늦어져 신축이 늦어질까 봐 걱정했는데, 잘 해결될 것 같습니다."라고 말하며 그 독이 통화 상대는 물론, 여자에게까지 완전히 퍼지도록 한다. 이제 여자는 남자가 거짓말임을 고백해도 진실이라고 받아들일 정도다.

여자는 다음 날 남자에게 영수증도 받지 않고 수천만 원을 건네준다. 남자는 그 무렵 카페, 호프집 등을 운영하면서 재혼을 바라는, '누나'라고 통화한 여자들을 상대로 동일한 방법을 이용해, 결혼을 빙자하여 수백만 원부터 수천만 원까지 편취하는 사기 행각을 벌이고 있었다.

그 후, 각본대로 저지른 남자의 계획된 범행임이 밝혀졌음에도 피해 여자들은 한결같이 '절대 그럴 사람 같지 않았다.'라고 말하며 한숨만 쉬었다. 잘생긴 외모를 바탕으로, 상당한 재력이 있을 것 같은 속임수 앞에서 몸도, 마음도, 물질도, 꿈도 송두리째 빼앗기고 만 것이다.

외모와 재력에 속아 넘어가는 것은 남자들도 마찬가지이다. 화장품 대리점 등을 운영하다가 실패를 거듭한 30대 초반 이혼 여성은, 40대 중반으로 나이를 속이고 재력이 있는 양 행세하며, 생활정보지를 통해 배우자와 사별 후 재혼을 원하는 교회 중직자 등에게 접근하였다. 그러면서 결혼을 미끼로, 피해 남자들로부터 화장품 대리점 등의 개업비 명목으로 여러 차례에 걸쳐 수천만 원씩 받아 편취하였다.

여자는 계획된 범행이 발각되자, 각본대로 이를 부인하며 편취 금액은 성적 교제비로 받았다고 주장하여 피해 남자들을 궁지로 몰아넣기까지 하였다. 그러면서도 그녀는 피해 남자마다 '당신만'은 진정으로 결혼할 의사가 있었다고 정신없는 말을 계속해댔다. 피해 남자들은 여자가 자신과는 진심으로 결혼할 의사가 있었다는 한심한 대답을 하였다.

심지어 장로인 피해 남자는 여자와의 재혼을 기도 중 응답을 받은 것으로 혼동하고 있었으니, 황당하지 않을 수 없었다.

결혼 빙자 사기꾼은 혼자 분별하기 쉽지 않다. 결혼 앞에서 당사자만의 밀애, 밀약이 있어서는 안 된다. 일방의 거짓으로 말미암아 속은 상대방이 입은 피해는 결코 회복될 수 없기 때문이다. 결혼은 최초로 만든 거룩한 질서이다. 결혼은 가족의 시작이다. 그러므로 결혼할 상대라면 먼저 가족에게 소개하여야 한다.

피해 여자들이나 피해 남자들이 부모 형제에게 만남을 알리고 결혼, 재혼의 문제를 상의하였다면 '당신만'이라는 속삭임에 속는 결혼 빙자 사기 피해는 막을 수도 있었을 것이다.

「우리가 다 하나님의 아들을 믿는 것과 아는 일에 하나가 되어 온전한 사람을 이루어 그리스도의 장성한 분량이 충만한 데까지 이르리니 이는 우리가 이제부터 어린아이가 되지 아니하여 사람의 속임수와 간사한 유혹에 빠져 온갖 교훈의 풍조에 밀려 요동하지 않게 하려 함이라.」[107]

---

107) 에베소서 4:13~14.

03
맛집

사회 전반에서 갈등(葛藤)이 없는 곳은 없다. 조직 내 갈등은 양면성이 있어 역기능이 있지만, 순기능도 있다.

선거직인 대표자는 임기 말, 특정인에게 대표직을 승계하기 위해 인사권 등 모든 권한을 전횡하며 상대 후보자의 비위 사실을 수집하였다. 특정인으로 하여금 이를 이용하게 만들어 당선시킬 목적으로 지원하려 하였으나, 상대 후보자 측에서 그 대표자의 이전 비위 사실을 먼저 폭로하였다. 이후 대표자와 상대 후보자가 이전투구(泥田鬪狗)로 서로의 비위 사실을 연속적으로 폭로하여, 양측 모두 수사[108] 하게 되었다.

그때 그 집단 소속 구성원들은, 깊은 갈등 속에서 집단의 지도부에 대해 크게 세 부류의 견해를 가진 세력으로 나뉘었다. 기존 지도부를 적극적으로 추종하는 세력, 기존의 지도부를 반대하며 새로운 지도부 편성에 찬성하는 세력, 그리고 새로운 지도부 편성에는 동조하면서도, 기존 지도부가 구성원들로부터 재신임을 받는다면 굳이 이를 반대할 이유가 없다는 절충적인 태도를 가진 세력이었다. 구성원 대부분은 이 기회에 집단이 환골탈태(換骨奪胎) 되어야 한다며 수사에 적극적으로 협조하였다.

수사라는 칼날 앞에 해부된 해당 집단은 구성원들 간의 이기주의, 차별, 불신, 상호비방으로 인한 파당이 깊이 형성되어 있음이 드러났다. 수사가 진행될수록 형성되었던 파당의 뿌리와 싹들이 뽑히고, 베이고, 서로의 희생, 소통의 부재로 인한 갈등이 해소되면서 신뢰가 급속히 회복되어, 한층 더 성숙한 조직으로 변모돼 가는 상황이었다.

수사 종반에 이르렀을 때, 범죄가 중대하고 도주 및 증거 인멸의 염려가 농후하여, 주요 공범에게 구속영장을 신청[109]하였다.

---

108) 새마을금고법 제85조(벌칙) 제3항, 제22조(임원의 선거운동 제한) 제2항 등 참조.

109) 형사소송법 제201조(구속) 제1항, 검찰수사관의 범죄수사 등에 관한 직무규칙 제33조(체포·구속영장의 신청).

원칙과 품격

일각에서는 구속수사가 지나치다는 의견도 만만치 않게 많았다. 그들이 그와 같은 분위기에 편승하여 관련자들로부터 악의적인 진술을 확보하고, 변호인의 변호는 물론 학연·지연, 심지어 교회 인맥까지 동원하여 로비하고 있다는 괴소문까지 있었다.

그들 중에는 기독교인도 포함되어 있었다. 괴소문이 괴소문 같아 보이지 않았다. 그는 하나님의 말씀을 맛보고도 탐심으로 인해 저지른 범죄에 대하여 반성은커녕, 수사의 배경과 목적을 왜곡하고 있었다. 기독교인이 아닌 것[110] 같았다.

세상 법정도 조건이 맞지 않으면 허락되지 않는다. 그들에 대한 구속영장이 발부되어 집행되었다.

그 무렵 구속수사가 지나치다는 일각의 의견과 함께 지금까지 왜, 무엇 때문에 다른 사람의 불법 행위를 찾아 처벌하는 일들을 해 온 것인지, 앞으로 이런 일을 계속 하는 것이 맞는 것인지 같은 생각에 몹시 혼란스럽고 힘이 들었다. 구속된 사람들을 역지사지(易地思之)한 마음으로 들여다보니 가슴이 답답하고 아팠다.

그 주일, 3부 예배에 참석하였다. 설교 중 「사람을 공의로 다스리

---

110) 히브리서 6:5~6(하나님의 선한 말씀과 내세의 능력을 맛보고도 타락한 자들은 다시 새롭게하여 회개하게 할 수 없나니 이는 그들이 하나님의 아들을 다시 십자가에 못 박아 드러내 놓고 욕되게 함이라) 참조.

는 자, 하나님을 경외함으로 다스리는 자여, 그는 돋는 해의 아침 빛 같고 구름 없는 아침 같고, 비가 내린 후의 광선으로 땅에서 움이 돋는 새 풀 같으니라 하시도다 내 집이 하나님 앞에 이 같지 아니하냐」,[111] 「수고하고 무거운 짐 진 자들아 다 내게로 오라 내가 너희를 쉬게 하리라 나는 마음이 온유하고 겸손하니 나의 멍에를 메고 내게 배우라 그리하면 너희 마음이 쉼을 얻으리니 이는 내 멍에는 쉽고 내 짐은 가벼움이라 하시니라」[112]라는 말씀이 선포되었다.

말씀을 듣는 순간 가슴이 시원해졌다. 더불어 감사하고 기뻤다. 목이 마르고 배가 고프니, 약속의 말씀이 바로 눈앞에 놓여 있음이 보였고, 그 깊은 맛도 느낄 수 있었다.

또한, 그동안 공의와 정의를 구실삼아 저질렀던 그 많은 죄도 하나둘씩 보였다. 생각조차 하지 못했던 허물도 먹구름처럼 보이며 회개의 바람이 일기 시작했다. 얼마나 지났을까. 먹구름은 사라지고 그 위의 드넓은 파란 하늘이 나를 반겨주었다.

그 후 수사는 시의성 있게 마무리되었다. 기독교인이 아닌 것 같았던 그도 곧 자신의 죄를 뉘우쳤다. 그 역시 구속된 후 말씀을 맛보았음이 분명하다.

---

111) 사무엘하 23:3~5.

112) 마태복음 11:28~30.

각종 방송에서, 많은 맛집의 음식들이 소개되고 있다. 그러나 풍광 좋은, 소문난 맛집에서 제아무리 맛있는 음식을 맛본다손 치더라도 일상적으로 먹는 집밥만 하랴!

또한, 즐겨 마시는 차와 음료가 있을지라도 제일 맛있는 것은 결국 물이 아니던가? 귀중한 것들을 흔하게 창조해 놓으시고 숨기셨으나, 되돌아보면 바로 옆에서 볼 수 있고 느낄 수 있다는 것도 은혜중의 은혜이다.

매주 말씀이 맛깔스럽게 넘친다. 그러나 맛보지 못했던 말씀들이 더 많다.

밥맛과 물맛은 언제 제일 좋을까?

배가 고프면 밥맛은 좋은 법이고, 목이 마르면 물맛은 꿀맛보다 좋은 법이다. 매 주일, 교회에서 밥을 먹고, 물을 마신다.

그땐 그랬다.

04

반부패(反腐敗)

　100세 시대의 도래 및 고도화 산업사회에 따른 평생교육의 시대이다. 모든 국민은 삶의 질 향상 및 행복 추구를 위해 평생에 걸쳐 학습하고, 교육받을 수 있는 권리가 보장된다.[113]

　또한, 공무원은 국민 전체의 봉사자로서 갖추어야 할 정신적 자세를 확립하고, 직무를 효과적으로 수행할 수 있는 기술과 능력 향상을 목적으로 교육훈련을 받아야 한다.[114]

　이에 따라 매년 온라인 교육 및 집합 교육훈련을 받았다. 전문 강

---

113)　교육기본법, 평생교육법 참조.

114)　공무원 인재개발법, 지방공무원 교육훈련법, 공무원 행동강령 등 참조.

사 등의 교육자가 자신의 경험을 포함하여 인문학 서적 내용과 수많은 명언·글귀들을 소개하거나 이를 인용한 교육을 할지라도, 성경의 한 구절의 가르침에 비교조차 될 수 없음을 느낄 때가 많았다.

최근 유명 강사로부터 하반기 반부패 청렴 교육을 받았다. 강사는 세계 주요 국가 및 우리나라 부패의 현황 비교, 부패의 원인과 결과, 척결 방안에 관한 자료들과 학술 내용 등을 제시했다. '도덕적 기반을 무너뜨리고 법과 원칙을 지키는 사람들의 자괴감을 느끼게 하는 부패는 반드시 척결해야 한다.'라는 결론으로 교육 시간이 마무리되었다. 그러나 그 교육 역시 성경 한 구절 말씀에 비추어 보았을 때, 근본적으로 놓치고 있는 부분이 있었다.

동서고금을 막론하고 어느 국가·사회·단체·집단이든 부패는 발생, 확산된다. 부패 발생의 근본적인 원인과 결과 및 예방, 척결 방안은 무엇일까?

「만물보다 거짓되고 심히 부패한 것은 마음이라. 누가 능히 이를 알리요마는, 나 여호와는 심장을 살피며 폐부를 시험하고 각각 그 행위와 그 행실대로 보응하나니. 불의로 치부하는 자는 자고새가 낳지 아니한 알을 품음 같아서 그의 중년에 그것이 떠나겠고 마침내 어리석은 자가 되리라.」[115]

---

115) 예레미야 17:9~11.

「누구든지 다른 교훈을 하며 바른말, 곧 우리 주 예수 그리스도의 말씀과 경건에 관한 교훈에 따르지 아니하면 그는 교만하여 아무것도 알지 못하고 변론과 언쟁을 좋아하는 자니. 이로써 투기와 분쟁과 비방과 악한 생각이 나며 마음이 부패하여지고 진리를 잃어버려 경건을 이익의 방도로 생각하는 자들의 다툼이 일어나느니라. 그러나 자족하는 마음이 있으면 경건은 큰 이익이 되느니라.」[116]

「어리석은 자는 그 마음에 이르기를, 하나님이 없다 하는도다. 그들은 부패하고 그 행실이 가증하니 선을 행하는 자가 없도다.」[117]

부패 발생의 예방과 척결방안이다.

「모든 성경은 하나님의 감동으로 된 것으로, 교훈과 책망과 바르게 함과 의로 교육하기에 유익하니, 이는 하나님의 사람으로 온전하게 하며 모든 선한 일을 행할 능력을 갖추게 하려 함이니라.」[118]

「범사에 너 자신이 선한 일의 본을 보이며 교훈에 부패하지 아니함과 단정함과 책망할 것이 없는 바른말을 하게 하라. 이는 대적하는 자로 하여금 부끄러워 우리를 악하다 할 것이 없게 하려 함이라.」[119]

---

116) 디모데전서 6:3~8.

117) 시편 14:1.

118) 디모데후서 3:16~17.

119) 디도서 2:7~8.

「뱀이 간계로 하와를 미혹케 한 것 같이, 너희 마음이 그리스도를 향하는 진실함과 깨끗함에서 떠나 부패할까 두려워하노라.」[120]

부패 없는 다음 세대로 가는 길목에서 그리스도인들은 첫째, 날마다 성경 말씀으로 교육과 가르침을 받고 둘째, 그리스도의 교훈에 따라 육신의 일을 도모하지 말며 셋째, 항상 그리스도를 바라보고 범사에 선한 일의 본을 보이며 단정한 행함이 있어야 한다. 복음 전파와 전도는 국가와 사회의 부정부패를 막는 길이기도 하다.

---

120) 고린도후서 11:3.

05

가짜들

악화는 응징과 함께 퇴출당하고 만다.[121] 가짜들이 너무 많다. 가짜 판·검사, 가짜 청년, 심지어 가짜 아버지도 있다. 가짜 상표는 물론, 가짜 뉴스까지 활개를 친다. 그러나 가짜는 진짜가 있는 한 밝혀지기 마련이다.

가짜들은 의심하기 힘들 만큼 가까운 곳에 숨어 있다. 한 남성은 경찰서 정문 앞에서 수십 년 동안 자격 없이 의원을 운영하였다. 그가 경찰서 코앞에서 가운을 입고 있을 것이라고는 아무도 의심하지 않았다. 그러나 친척의 신고로 범행은 끝이 났다. 이처럼 가짜들이

---

121) '양화가 악화를 구축해야 할 대선', 2021. 10. 16~17, 중앙일보 31면 기사 참조.

드러나는 것은 시간문제다.

가짜들은 다른 사람의 약점 뒤에서 은밀히 활동한다.

피의자는 속칭 '러브호텔' 주차장 부근, 차 안에서 숨어 기다리고 있다가 불륜 남녀가 투숙하고 나오면 약점을 잡고 그들의 차량을 뒤따라가 추돌하는 방법으로 사고를 냈다. 그리고는 부주의하여 충격한 것인 양 가장한다. 이어서 사고 신고를 운운하며 그들의 관계를 들통낼 것 같은 태도로 거액의 합의금을 뜯었다.

그러던 중 러브호텔에서 숙박을 하고 나온 진짜 부부를 상대로 동일 범행을 반복하다가 꼬리가 잡혔다. 가짜들은 스스로 설치한 덫에 걸려든다.

가짜들은 친분과 욕심을 미끼로 사용한다.

주가조작 사범과 함께 수감생활을 하다가 출소 후, 친구에게 접근하여 주가조작 사범으로부터 습득한 범행 방법을 쓴 피의자도 있다. 코스닥 시장에서 미공개 정보를 이용[122]하여 3개월 안에 수십 배의 주식매매 차익을 남겨 주겠다는 말에, 친구는 다른 친구에게 빌린 수억 원을 주식매입자금으로 건네주어 사기당했다. 욕심을 쫓

---

122) 자본시장과 금융투자업에 관한 법률 제174조(미공개중요정보 이용행위 금지).

다가 순식간에 가짜의 밥이 된 격이다.

가짜들은 진짜처럼 치밀하게 분장한다.

무자격 부동산중개업자인 중년 남성은 상속재산이 많은 또래의 여성에게 접근하였다. 부동산매입자금을 빌려주면 부동산을 매수하여 공동매수인으로 등기를 경료하고, 매매 시 차용금 변제는 물론, 이익금도 반분하여 주겠다고 속여 수십억 원을 교부받아 편취하였다.

중년 남성의 주장은 이러했다. 그 돈은 차용금이 아닌 원금 반환 약정이 없는 투자금[123]이었고, 여성과 내연의 관계를 맺어 왔으나, 지난여름 야유회 때 같은 텐트에서 함께 잠을 잔 이후로 만남을 회피하자, 그 불만으로 고소한 것이라고 했다. 그에 대한 증거로 당시 텐트 주변에 걸려 있던 여성의 속옷 등을 촬영한 사진까지 제시하였다.

---

[123] 투자약정 당시 투자받은 사람이 투자자로부터 투자금을 받아 투자자에게 설명한 투자사업에 사용하더라도 일정 기간 내에 원금을 반환할 의사나 능력이 없음에도 마치 일정 기간 내에 투자자에게 원금을 반환할 것처럼 거짓말을 한 경우에는 행위 당시의 구체적인 사정에 비추어 투자자가 원금반환 약정을 전적으로 믿고 투자를 한 경우라면 사기죄의 요건으로서 기망행위에 해당할 수 있다 (대법원 2013. 9. 26. 선고 2013도3631 판결 참조).

그러나 자금의 행방 추적 중, 범행이 발각될 것을 대비하여 해당 여성의 속옷을 계획적으로 촬영해 둔 것이 확인되며, 그의 범행 전모가 드러났다. 그런데도 그는 속옷 사진 등을 근거로 들며 일관되게 혐의를 부인하였다. 가짜들은 가짜임이 밝혀져도 분장된 사실에 근거하여 끝까지 진짜 행세를 하려 든다.

가짜들은 서로 가짜 상황을 만들어 낸다. 쌍방 폭행을 했음에도 일방이 때리지 않았다고 가짜 진술하며 상해 진단서를 제출하면, 상대방 역시 그에 맞추어 맞기만 하였을 뿐이라고 똑같이 가짜 진술하며 상해 진단서를 제출한다.

그러나 쌍방의 상해 진단서 내용 중 상대방이 때려 각각 맞았다는 부분만 확인하면, 서로 때리지 않았다는 주장은 거짓임이 밝혀진다. 진짜만 밝히면 가짜는 스스로 드러나는 법이다.

가짜들은 간교하다.

한 남성은 이전부터 특정 여성의 일상을 관찰하다가, 사건 당일 늦은 저녁 시간대 여성이 사업장에서 일을 마치고 나오는 것을 목격하고 뒤따라갔다. 여성이 주거지 출입문을 열고 막 들어가는 순간, 흉기로 여성에게 겁을 주어 침입하고 성폭행을 시도했다. 여성은 옷을 입지 못한 채, 가까스로 주거지를 뛰쳐나와 도움을 요청하였다.

그런데도 남성은 뻔뻔스럽게 여성이 그날 자신을 따라오게 하였고, 그 후 함께 주거지에 들어가 서로 애정행각을 벌였는데, 여성이 갑자기 성폭행을 당한 것처럼 가장한 것이라고 주장했다. 증거를 확보하는 방편으로 옷을 벗은 상태로 뛰쳐나간 것이라고 변명하며 여성을 속칭 '꽃뱀'으로 몰고 갔다. 가짜들은 꽃뱀보다 더 간교하다.

가짜들은 정체가 발각되면 책임을 전가하며 둔갑하고, 무고(誣告)도 불사한다.

직무 관련이나 대가 없는 단순 소개행위에 불과한 자리를 가졌으나, 가짜들로 인해 범행에 휘말리게 된 사례도 있다. 범행이 발각되자, 그들은 상대방의 행동을 이권이 개입된 알선 행위로 몰아 책임을 전가했다. 나아가 상대방에게 약점 등이 노출되거나 불만을 품고 있던 다른 이들과 함께 전가된 내용을 확대·과장하여, 상대방을 죄질 불량한 사람으로 몰아 수사·징계 처리되게 하며 청렴한 척 둔갑했다. 또한 남편에게 유부남과의 간음이 들통 나자, 유부남으로부터 성폭행을 당했다고 주장하며 무고[124]까지 했다. 가짜들은

---

124) 형법 제156조(무고) 타인으로 하여금 형사처분 또는 징계처분을 받게 할 목적으로 공무소 또는 공무원에 대하여 허위의 사실을 신고한 자는 10년 이하의 징역 또는 1천500만 원 이하의 벌금에 처한다.

비열하다.

「그러므로 자기 행위의 열매를 먹으며 자기 꾀에 배부르리라.」[125]

---

125) 잠언 1:31.

06

검정 비닐봉지

검정 비닐봉지는 언제 어디서나 누구든 손쉽게 사용한다. 용도 또한 다양하다. 공개적인 장소에서 검정 비닐봉지를 건네주더라도, 이를 수상히 여길 사람은 없다. 이 같은 이유로 뇌물을 검정 비닐봉지에 담아 건네준 사례도 있었다. 기발한 아이디어였다.

추석 무렵 검정 비닐봉지를 받은 적이 있다.

40대 중년 여성은 공무원이 취급하는 사건에 관하여, 청탁한다는 명목으로 피해자로부터 수천만 원을 받았다.

중년 여성의 청탁 의사 여부는 차치하더라도, 금액을 변제할 능력이나 의사가 없고, 도주 및 증거 인멸 우려가 있으므로 구속영장이 발부[126]되었다. 중년 여성은 친분이 있는 피해자의 부탁을 들어 주고자 돈을 받았으며, 죄가 되는 줄 몰랐다고 주장했다. 동료 수사관과 함께 구속영장을 제시하며 집행 절차에 착수하였다.

"이처럼 구속영장이 발부되었습니다. 구치소[127]로 가셔야 합니다."

"도망 안 가요. 숨을 곳도 없어요. 저는 정말 그렇게 돈을 받는 것이 죄가 되는지 몰랐어요. 제발 한 번만 선처해 주세요. 집에 가고 싶어요. 집에 가야만 합니다."

"너무 안타깝습니다. 지금 상황에서는 구치소 외에는 갈 곳이 없습니다."

"집에 좀 보내주세요. 집에 돌아가면 안 되나요? 부탁입니다."

중년 여성이 구치소로 호송되기 전, 그의 보호자 격 여동생이 찾아와 접견[128]을 신청하였다. 그 과정에서 여동생이 둘둘 말은 검정 비닐봉지 하나를 건네주는 것이었다.

"이게 뭔가요."

---

126) 대법원 2006. 1. 27. 선고 2005도8704 판결[공무원이 취급하는 사건 등에 관하여 실제 청탁의 의사 없이 금품을 받은 경우 변호사법위반죄의 성립 여부(적극), 사기죄와 변호사법위반의 죄수관계(상상적 경합)] 참조.

127) 형의 집행 및 수용자의 처우에 관한 법률 제11조(구분수용).

128) 형사소송법 제32조(피고인·피의자의 접견, 교통, 진료), 제91조(변호인 아닌 자와의 접견, 교통), 제209조(준용규정).

"약입니다."

"약이라뇨?"

여동생은 중년 여성이 평소 복용하던 혈압약, 당뇨약 등의 필수 의약품을 검정 비닐봉지에 급히 담아 가져왔던 것이다.

그 검정 비닐봉지는 인치 기간에 보관한 후, 수용시설 담당자에게 직접 인계해야 하는 물건에 해당하지 않아 후송 시 중년 여성에게 그대로 건네주었다.

여동생과의 오랜 접견 끝에 중년 여성을 구금 장소인 구치소로 후송 조치할 시간이 되었다.

그러자 중년 여성은 검정 비닐봉지를 두 손으로 들고 또다시 "정말 죄가 되는 줄 몰랐습니다. 집에 늦둥이 아이들이 있습니다. 깜깜해졌는데 빨리 집에 돌아가야 합니다. 집으로 좀 보내주세요."라고 큰 소리로 울며 애원하였다.

봉지는 표면에 떨어진 눈물 자국을 따라 찢기는 것처럼 보였다. 제아무리 사정하더라도 그 순간 그 부탁을 들어줄 수 있는 사람은 없었다. 안타까움이 교차하였다. 그러나 중년 여성과 여동생에게 향후 형사법 절차 및 권리에 대한 내용을 설명해 주는 것 외, 달리 할 말이 없었다.

구치소에 도착할 때까지 그는 호송차 안에서 동료 수사관이 건네주는 티슈가 다 떨어질 정도로 하염없이 눈물을 흘렸고, 눈물로 갈

원칙과 품격

기갈기 찢은 검정 비닐봉지를 부둥켜안고 계속 같은 애원을 했다.

이곳저곳에서 검정 비닐봉지를 볼 때면, 죄가 되는지 몰랐으니 선처해 달라고 사정하며 늦둥이 아이들이 기다리는 집에 돌아가고 싶다던 그녀의 애원이 귓가에 맴돌곤 했다.

자신의 행위가 법에 위반되는지 몰랐다고 하더라도, 법률의 부지에 불과하여 벌하지 아니할 수 없다.[129]

그 누구도 부지(不知)의 핑계를 주장할 수 없는 때가 있다.[130]

---

129) 대법원 2005. 9. 29. 선고 2005도4592 판결, 대법원 1995. 12. 12. 선고 95도 1891 판결 등 참조.

130) 로마서 1:20(창세로부터 그의 보이지 아니하는 것들 곧 그의 영원하신 능력과 신성이 그가 만드신 만물에 분명히 보여 알려졌나니 그러므로 그들이 핑계하지 못할지니라) 참조.

흔적

살인 범죄 등 강력범죄, 불특정 다수를 상대로 한 묻지 마 범죄, 분노 범죄, 가정폭력 범죄, 데이트폭력 범죄 및 아동학대 범죄까지, 각종 범죄가 나날이 흉포화되고 있다. 재산범죄도 더욱 지능화되고 있다.

흉포화, 지능화된 범죄 흔적이 없는 곳이 없을 정도다. 범죄인의 특정과 검거는 범죄 흔적 추적의 산물이다. 그러나 흔적 추적에 의한 범인 검거와 증거 확보가 쉽지만은 않다. 과학수사 기법들이 무색할 정도이다.

여기, 범죄인이 숨길 수도, 지울 수도 없는 범죄 흔적이 있다.

범죄 흔적은 범죄인 자신의 양심 속에 남아 있다.

서울 근교의 카페가 밀집된 중소도시, 카페 주인이 집에서 강도살인 당하는 사건이 발생했다. 사건 현장에서는 범인을 특정할 수 있는 흔적 등을 찾지 못하였으나, 피해자가 사건 전날 본인 통장에서 10만 원권 자기앞수표 10매와 현금을 인출한 사실이 확인되었고, 수표의 사용자를 추적함으로써 범인이 검거될 수 있었다.

범인은 연고가 전혀 없는 해당 중소도시에서 여행하던 중, 카페에 들렀다가 충동적으로 범행을 계획했다. 범행 후에는 증거를 인멸하기 위하여 사체까지 소훼했다.

범인이 강취해 간 수표는 대부분 배서 없이 사용되어, 범인 특정은 물론 검거가 미궁에 빠질 수도 있는 상황이었다. 그러나 마지막 10만 원권 자기앞수표 한 장에 배서가 되었고, 사용된 장소가 지방 중소도시의 슈퍼로 확인됨으로써 슈퍼 주인을 상대로 사용자를 추적하였다.

바로 며칠 전 슈퍼 주인이 평소 알고 있던, 같은 동네에 거주 중인 초등학생 여자아이가 삼촌이라는 사람과 슈퍼를 찾아왔다고 한다. 그리고 남자가 아이에게 몇만 원 상당의 과자와 선물을 사준 다음, 수표를 제시하여 배서를 받았다는 진술을 확보할 수 있었다.

수표배서 시 충분히 다른 사람의 이름을 기재할 수도 있었을 테지만, 실명을 기재할 수밖에 없었던 경위는 조카가 배서하는 모습을 지켜보고 있었기에 양심상 거짓 이름을 쓸 수 없었다고 하였다.

강도살인하고도 조카 앞에서 강취한 수표에 자신의 이름을 거짓으로 배서하지 못하는 사람이, 한순간에 흉악 범죄를 저질렀다는 자체가 쉽게 이해되지 않았다. 그는 범행을 크게 뉘우치며 스스로 남긴 범죄 흔적들 때문에 내내 눈물을 흘렸다.

다음으로, 범죄의 흔적은 범죄인 자신의 얼굴[131]에 남아 있다.

다른 사람 부동산을 본인 소유인 것처럼 행세하며, 매도하거나 금융기관에 담보로 제공하여 수십억 원을 대출받아 편취한 사람이 있다. 추가 피해자 발생 방지를 위해서라도, 사자(死者)의 주민등록증을 위조·행사하고, 사자 명의로 등기된 부동산을 다른 사람에게 매도하여 매매대금을 편취한 전문 토지사기단을 조속히 검거하여야 했다.

범행 수법[132]이 대담하고 피해 금액이 고액이어서, 해외 도주 우려가 있는 토지사기단들을 출국금지 조치했다. 사기단들의 범죄전

---

131) '최고의 얼굴, 나이는 속여도 얼굴은 속일 수 없다. 얼굴은 그 삶의 핵심 증거다', 2021. 10. 21. 조선일보 A24면 이〇〇의 두 줄 칼럼 참조.

132) 전문토지사기단들의 이와 같은 범행 수법을 속칭 '생눈깔빼기 수법'이라고도 한다.

력 및 전화 통화기록 분석, IP·로그인 추적, CCTV 확인 등 과학 수사 방법을 총동원하여 범인들의 흔적을 추적 수사하였음에도 번번이 검거에 실패하였다.

토지사기단들은 수사기관의 추적 기법을 모두 알고 비웃기라도 하듯, 좀처럼 흔적을 남기지 않았다. 그러던 중 3개월이 지났고, 마침내 공범이 검거되었다.

검거된 공범을 상대로 검거 당시의 상황을 확인하였더니, 공범은 수도권 고속도로 나들목 진출 시 경찰관으로부터 불심검문[133]을 받게 되었다고 한다. 검문 당시 경찰관이 앞 차량의 운전자 외관을 대략 확인하고 통과시키기에 안심했으나, 곧이어 자신과 얼굴이 마주치자 불심검문하는 순간 직감적인 눈초리로 공범의 죄를 모두 알고 있다는 듯 심문한 것이다. 즉시 신분 조회를 실시하였고, 지명수배 조치된 사실이 드러나 검거된 것이라고 하였다.

공범은 다음 범행을 물색하며 흔적이 드러나지 않게 도피 생활까지 했으나, 한순간의 불심검문으로 검거된 사실이 믿기지 않는다는

---

133) 경찰관 직무집행법 제3조(불심검문)에 따라 경찰관은 수상한 행동이나 그 밖의 주위 사정을 합리적으로 판단하여 볼 때 어떠한 죄를 범하였거나 범하려 하고 있다고 의심할 만한 상당한 이유가 있는 사람 또는 이미 행하여진 범죄나 행하여지려고 하는 범죄행위에 관하여 사실을 안다고 인정되는 사람을 정지시켜 질문할 수 있다.

듯 몹시 어리둥절해 하였다.

지금 이 순간에도 알고 지은 죄들, 모르고 지은 죄들, 발각된 죄들, 발각되지 아니한 죄들 등, 수많은 죄의 흔적들이 쌓이고 있다.

세상에서 영구보존되는 범죄 흔적들도 있다.[134] 그 흔적들을 지우는 방법은 없는 것일까? 영원한 영광의 흔적들을 쌓자.[135]

예배드림과 말씀을 로그인한 흔적, 화목제를 쌓는 심방 전화 통화한 흔적, 헌물·헌금한 흔적, 회개·용서한 흔적, 기도·감사한 흔적, 참고 인내한 흔적, 기뻐하고 기쁘시게 한 흔적, 전도·영혼 구원한 흔적들을….

그리하여 「내가 내 몸에 예수의 흔적을 지니고 있노라.」[136]라는 고백이 서로의 고백이 되어, 매일 흔적에 대한 그리움으로 소망을 하늘에 두자.

---

134) 검찰보존사무규칙 제18조(보존기간), 재판서 중 별표 1에 기재한 재판서는 영구 보존하고, 그 밖의 재판서는 사건기록의 보존기간에 따라 보존한다.

135) 요한일서 2:17(이 세상도 그 정욕도 지나가되 오직 하나님의 뜻을 행하는 자는 영원히 거하느니라) 참조.

136) 갈라디아서 6:17.

08

그것이 비밀이야!

동료는 기독교 신자인 절도 피의자를 신문[137]하고 있었다.

"식당에서 남의 우산을 훔친 사실이 있나요?"

"예."

"왜 훔친 것인가요."

"잘못했습니다."

"우산 가액이 비교적 소액입니다. 이를 훔칠 만한 특별한 이유가 있나요?"

"순간 착각을 했습니다. 바로 갖다 드렸어야 했는데 그렇게 하지

---

137) 검찰청법 제32조(검사의 직무대리), 검사직무대리 운영규정 제5조(직무 범위).

못했습니다."

"합의했나요?"

"네."

"그 외 유리한 증거나 더 할 말이 있나요?"

"없습니다."

피의자는 자백 후, 절취의 고의나 불법영득의사[138]가 명백하지 않은 변명을 하였다. 동료의 신문 종료 후 나서서 약간의 보충신문을 하였는데, 그 순간 동료의 표정이 잠시 굳어졌다.

경험이 많아질수록 지적(指摘)이나 간섭에 대한 유연성도 늘 것 같았으나, 오히려 경험에 갇히고, 사고도 자꾸만 경직되어 가고 있는 것 같다. 동료도 예외는 아닌 듯싶었다. 피의자에 대한 보충신문을 본인을 향한 지적이나 간섭으로 받아들였던 것 같았다.

사람들은 죄가 지적되면 바로 변명부터 하기 때문에, 피의자도 본능적으로 변명한 것 같았다. 사실, 변명 없는 자백은 찾아보기 힘들다.

---

138) 절도죄가 성립하기 위해서는 고의와 불법영득의사가 있어야 한다. 절도죄의 고의는 '타인이 점유하는 타인의 재물을 절취한다는데 대한 인식과 의사'이고, 불법영득의사란 '권리자를 배제하고 타인의 물건을 자기 소유물과 같이 그 경제적 용법에 따라 이용하고 처분할 의사'를 말한다(대법원 2012. 7. 12. 선고 2012도1132 판결 등 참조).

권사가 수천만 원의 웃돈을 지급하고 임대아파트를 불법 임대받은 사건에 대하여, 주택공급 질서 저해 사범으로 죄질이 가볍지 않음을 지적하였다. 그러자 자녀 결혼 시 거주지 제공 목적으로 구입하였다고 변명하고, 안수집사의 산지 불법 창고 신축 행위에 대해서는 토지 난개발 사범으로서의 죄질이 중함을 지적하였더니, 지인의 제의로 동호회에 가입하고 매입만 했을 뿐이라고 변명하였다. 장로의 부동산 실권리자 명의로 등기하지 않은 행위 등에 대하여 부동산 등기제도를 악용한 투기 · 탈세 · 탈법행위 등 반사회적 행위가 될 수 있음을 지적하자, 교회 재산을 보전하기 위함이었다고 변명하기도 하였다. 아담과 하와의 후손임이 명백하다.

오찬 자리에서 동료와 마주 앉았다.

동료는 작년, 한 교도소 수용자가 매일같이 수시로 앉았다 일어서기를 반복하는 운동을 했는데, 교도관으로부터 운동 방법 등에 대한 지적을 받자, 이는 지시한 것이나 마찬가지로 자신의 의지와 달리 인권을 침해당한 것이라며 진정한 사건을 수사한 적이 있다고 했다.

동료는 진정 사건의 결론 격으로, 사람들은 성인이 되어서까지 스스로 하고 있던 어떠한 일이든 지적이나 간섭을 받으면 그 순간 반감이 먼저 생기는 것 같다고 했다. 그러면서 대화 중 후배 동료들의 언행을 가장 많이 지적하며 간섭하고 있었다. 동료의 그런 행동을 지적하고 분위기를 환기하고 싶었다.

그런데 그 순간, 「그러므로 남을 판단하는 사람들아 누구를 막론하고 핑계하지 못할 것은 남을 판단하는 것으로 네가 너를 정죄함이니 판단하는 네가 같은 일을 행함이니라.」는 말씀[139]이 생각났다. 실수할 뻔하였다. 대신 동료에게 이전의 절도 피의자에 대한 보충신문은 지적이나 간섭이 아니었다고 해명했다.

"조사하기가 점점 어렵네. 자백하는 사람들도 보기 힘들고, 자백을 했더라도 변명 없는 자백은 더욱 들어 보기 힘드네. 이전의 그 절도 피의자도 마찬가지였잖아. 때론 교회 중직자들조차도 범죄 후 변명하기에 더 급급한 데 뭐. 예수 믿기 때문에 자백한다는 그런 교회 중직자를 지금까지 본 적이 없어. 그러나 나중에는 그 누구든지 완전히 자백[140]할 수밖에 없지…."

동료는 나의 변명을 알아차린 듯 분위기를 환기하며 되물었다.

"변명 안 해도 돼. 그런데 기도는 왜 하는 거야?"

---

139) 로마서 2:1.

140) 로마서 14:11(기록되었으되 주께서 이르시되 내가 살았노니 모든 무릎이 내게 꿇을 것이요 모든 혀가 하나님께 자백하리라 하였느니라), 요한일서 1:9(만일 우리가 우리의 죄를 자백하면 그는 미쁘시고 의로우사 우리 죄를 사하시며 우리를 모든 불의에서 깨끗하게 하실 것이요) 참조.

동료는 그 무렵 토속신앙에 심취해 있었다.

"기도는 누구나 하는 것 아니야. 그러나 그 대상이 중요하지. 요즈음은 지적과 간섭받기 위해 기도하고 있어."

"지적과 간섭을 받기 위하여 기도한다니, 그게 무슨 뜻이야?"

"아이들이 때론 부모의 지적과 간섭 속에서 오히려 편안함과 자유로움을 느낀다고도 하잖아."

"그럼 무슨 재미로 살지?"

"세상의 자랑과 즐거움을 누리는 자유도 좋을 수 있겠지만, 세상 자랑과 즐거움을 버리는 자유는 더 좋아."

"변명을 위한 궤변(詭辯) 아냐?"

"아니야. 그것이 비밀[141]이야."

"그래, 비밀이라. 예전에 나도 설교를 몇 번 들은 적도 있었거든. 그런데 공부를 하지 않는 것 같더라고. 수십 톤 정도의 무게로 머리에 충격을 주는 말씀을 들은 적이 있었다면, 아마 벌써 교회에 나갔을 거야."

"그때가 있는 거야. 일단 이번 달 신우회 예배에 한번 참석해 보

---

141) 누가복음 8:10(이르시되 하나님 나라의 비밀을 아는 것이 너희에게는 허락되었으나 다른 사람에게는 비유로 하나니 이는 그들로 보아도 보지 못하며 들어도 깨닫지 못하게 하려 함이라) 참조.

면 어때."

"좋아, 그때 같이 가 보자고."

그달, 동료와 함께 신우회 예배에 참석하였다.

원칙과 품격

09

그냥 감사

추수감사 주일이 얼마 남지 않았다. 사무실을 찾아온 재개발 상
가분양업자 고소사건의 고소인은 이상 고온 날씨만큼 화가 많이 나
있었다. 전 재산을 재개발 상가 분양대금으로 지급하였는데, 상가
분양업자가 이중 분양 등의 문제로 부도를 내서 손해를 입게 된 것
이다.

상가를 분양받은 사람들 모두 피해자이긴 마찬가지였지만, 투자
의 목적으로 분양받은 사람들도 일부 있었던 점을 고려한다면 실수
요자였던 고소인은 박탈감과 충격이 더 클 수밖에 없었다.

피해 금액의 저축 과정과 피해 경위를 진술하는데 복이 받쳐 있
어, 사무실 냉장고에서 음료수 한 병을 꺼내 건넸다. 피해자는 음

료수를 마시는 것조차 잊고 진술을 계속했다. 조사 시간이 평소보다 두 배 이상 소요되었다. 피해자는 조사가 끝났을 때에서야 음료수를 단숨에 들이켰다. 그리고 배려에 감사하다는 인사말을 남기고 사무실을 나갔다.

그런데 잠시 후, 음료수 세 병을 들고 다시 사무실로 들어오는 것이 아닌가. 당시 사무실에는 동료 세 명이 함께 근무하고 있었다.

"음료수 정말 감사했습니다."

"감사하긴요. 그렇다고 음료수를 다시 사 오시면 어떻게 합니까?"

"고작 세 병입니다. 차비밖에 없어서."

"그래도 이러시면 안 됩니다."

"한 박스도 아닌데요, 뭐."

"그렇지만 금액 대소를 불문하고 받아서는 안 되는 경우가 많이 있습니다. 죄송합니다."

"대가를 바라고 이러는 것 아닙니다. 먼저 음료수를 대접받았기 때문에 그것이 감사해서 보답으로 드리는 것입니다. 아니 그럼, 그냥 감사할 따름입니다."

"규정상 대가성 여부를 불문하고 수수금지 금품 등은 지체 없이 반환하거나, 거부 의사 표시를 밝히게 되어 있습니다.[142] 정말 죄송하지만, 다시 가져가 주셨으면 좋겠습니다."

"그냥 감사도 안 된다는 말씀인가요?"

"그냥 감사가 어디 있겠습니까."

"그냥 감사가 왜 없습니까."

피해자는 책상 위에 음료수 세 병을 그대로 놓고는 재빨리 사무실을 빠져나갔다. 곧바로 쫓아가 "그냥 감사할 따름입니다."라고 인사말을 건네며 음료수를 반환하고 터벅터벅 돌아왔다. 미안함도 없지 않았다. 음료수 세 병의 값어치는 전혀 작지 않았다.

감사의 조건이나 표현 방법은 다양하다. 감사가 자꾸만 금품으로만 대체되고 있는 것 같아 안타깝다. 언젠가부터 사무실은 권리를 두고 다투는 이해관계인들의 음성만 높아질 뿐, 감사 인사말은 좀처럼 듣기 힘들어졌다. 피의자는 범죄 사실에 대한 처벌을 받는 상황이므로 감사의 마음이 절로 나오기 어려운 처지이고, 피해자 또한 피의자의 처벌이나 피해보상을 목적으로 고소하지만, 대부분 사건이 바람대로 처리되는 경우가 많지 않기 때문일 것이다.

그런데도 가끔 감사의 편지가 도착한다. 편지는 목적이 명확히 나타난다는 장점이 있다. 내용을 보면, 피의자의 지위에 있던 사람들은 누명을 벗게 해주어서라기보다는 인간답게 대접하고 배려해

---

142) 부정청탁 및 금품 등 수수의 금지에 관한 법률 제8조(금품 등의 수수 금지), 검찰청 공무원 행동강령 제14조(금품 등의 수수 금지), 제21조(수수 금지 금품 등의 신고 및 처리) 참조.

주어서, 피해자의 경우는 피해가 보상되어서라기보다는 자기 일처럼 친절하게 사건을 처리해 주어서 등, 각각의 이유로 감사하다는 말을 전한다.

일상 속에서 작은 자중 냉수 한 그릇[143]이라도 건네주고, 작고 적은 것들에 대하여 감사할 줄만 알아도 그 사람은 이미 범인(凡人)이 아니다.

"그냥 감사할 따름입니다."[144]

---

143) 마태복음 10:42(또 누구든지 제자의 이름으로 이 작은 자 중 하나에게 냉수 한 그릇이라도 주는 자는 내가 진실로 너희에게 이르노니 그 사람이 결단코 상을 잃지 아니하리라 하시니라) 참조.

144) 데살로니가전서 5:18(범사에 감사하라) 참조.

10

마네킹

영상매체나 각종 조형물, 또는 생활용품에서조차도 동식물을 의인화한 형상들을 흔하게 볼 수 있다. 어떤 것들은 가증스럽기까지 하지만, 광고나 교육 등 특정 분야에서 효과가 기대 이상인 경우도 많아 이를 무시할 수는 없다. 나아가 일반인을 위한 가상 인간뿐만 아니라 유튜버로 활동하는 가상 연예인, 이른바 '가상 인플루언서(Virtual Influencer)' 시장도 커졌다.[145] 심지어는 메타버스 범죄까지 판을 친다.[146]

---

145) '문장 300개 말하면, 나랑 똑같은 가상인간 만든다', 2021. 12. 20. 조선일보 B1면 기사 참조.

자칫 인명 경시 풍조가 조장될 우려가 있고, 창조의 원리에도 맞지 않는 것들이 많아 주의가 요구된다. 일상에서는 우리가 느끼지 못하는 사이 신앙윤리와 맞지 않는 형상 등이 스며들어 생각이나 행동을 무감각하고 무관심한 상태로 만들어 버리기도 한다.

대학수학능력시험이 치러지고 며칠이 지났다.

쌀쌀한 날씨에 비까지 제법 내리던 11월 말, 정오쯤 서울 강남 지하철역 부근의 상가건물 앞 노상에서 PF(Project Financing) 대출과 관련하여 건설업자로부터 수억 원을 수수한 금융회사 임직원 혐의자[147]를 체포해야 하는 상황이 벌어졌다.

혐의자의 소재를 추적한 결과, 지하철역 부근에서 위치가 확인되었다. 체포영장을 집행하기 위해 즉시 출장하여 소재를 수사하던 중, 상가건물 출입구 옆 노상에서 혐의자와 마주쳤다.

혐의자는 화이트칼라 범죄(White-collar Crime)에 속하고 체포 시 도주가 예상되지 않아, 큰 긴장감 없이 범죄사실과 체포 이유, 소위

---

146) '가상인간이 온다, 광고모델을 넘어 앵커, 쇼호스트, 은행원까지 가상인간 실제 세상에 스며들다. 상표도용, 아바타 성추행 새해 메타버스 범죄 판친다', 2022. 1. 1. 중앙일보 8~12면 기사 참조.

147) 특정경제범죄 가중처벌 등에 관한 법률 제5조(수재 등의 죄) 제1항 참조.

'미란다 원칙'을 고지하고 체포착수[148]에 이르렀다.

그런데 혐의자가 갑자기 "뭣들 하는 짓이야? 강도야!"라고 소리치며 공무집행방해[149] 정도까지는 아니더라도 격한 반항을 하기 시작하였다.

그 과정에서 동료가 체포영장 서류 봉투를 노상에 떨어뜨렸다. 그리하여 양쪽에서 혐의자의 팔과 허리 부위를 붙잡고, 현장을 지나는 사람들에게 '봉투 좀 집어 주십시오.'라고 부탁하였다. 그러나 사람들은 받쳐 든 우산 사이로 우리를 힐끗 쳐다만 볼 뿐, 눈 마주치기를 거부하며 바삐 지나갔다.

그 모습을 본 뒷사람들은 아예 우리 주변을 멀찌감치 피해 갔다. 부탁을 거절하는 것은 차치하더라도 혐의자가 외견상으로는 피해자인 양 '강도야! 놔, 놔!'라고 외치며 저항하고 있었으므로, 역으로 우리 쪽이 강도로 몰릴 수도 있는 처지였다. 그러나 그를 도우려 하는 사람들은 없었다. 사람들은 그렇게, 자신들과는 전혀 무관한 일이 진행되고 있다는 듯 지나쳤다. 날씨만큼이나 쌀쌀한 태도였다.

---

148) 형사소송법 제85조 제1항(구속영장의 집행절차), 제200조의5(체포와 피의사실 등의 고지), 제200조의6(준용규정).

149) 형법 제136조(공무집행방해) 제1항, 직무를 집행하는 공무원에 대하여 폭행 또는 협박한 자는 5년 이하의 징역 또는 1천만 원 이하의 벌금에 처한다.

빗속에서 혐의자와 실랑이를 이어가다가 가까스로 수갑 장구를 사용하여 체포를 완료하고 서류 봉투를 챙겼을 때쯤, 상가 건물 1층 유리 창가 쪽에서 사람들이 지켜보고 있었던 것 같아 둘러보니, 다름 아닌 마네킹이었다. 마네킹은 옷이 입혀진 채로 여러 모습을 취하며, 마치 체포 행위를 바라보고 있는 사람들처럼 서 있었다. 동료는 무관심한 시민의식이 마네킹의 감정 없는 모습과 다를 바 없다며 걱정을 늘어놓기 시작하였다.

체포 현장에서는 혐의자의 신체에 대한 압수·수색·검증[150]도 가능하다. 주위 상황도 어느 정도 수습되어, 혐의자의 신체 수색에 앞서 지갑을 건네받아 신분을 재확인하려던 참이었다. 그런데 혐의자가 난처한 표정을 지으며, 지갑 안쪽에 들어 있는 것은 펼쳐 보지 말라고 하는 것이었다.

그의 말에 과거 뇌물공여자가 뇌물 공여 금액을 빼곡히 적어 놓은 메모지를 지갑 안쪽 모서리 부분에 넣고 있던 것, 배우자의 사진 뒤쪽에 불륜 상대의 사진을 숨겨 다니던 것을 부수적으로 발견한 일이 떠올랐다.

---

150) 형사소송법 제216조[검사 또는 사법경찰관은 제200조의2(영장에 의한 체포)·제200조의3(긴급체포)·제201조(구속)·제212조(현행범인의 체포)의 규정에 의하여 피의자를 체포 또는 구속하는 경우에 필요한 때에는 영장 없이 체포현장에서의 압수·수색·검증 처분을 할 수 있다].

어찌 되었건 범죄 성격상으로도 혐의자의 지갑을 확인할 필요가 있었다. 그런데 지갑 안쪽 깊숙이 3㎝ 크기로 겹겹이 접힌 쪽지가 들어 있는 것이 아닌가? 꺼내 펴 보았더니, 다름 아닌 부적이었다. 이후 혐의자로부터 부적을 소지한 이유와 체포 당시 반항 경위 등을 듣게 되었다.

혐의자는 식당과 개인 사업을 하는 두 친구가 부적을 소지하고 난 후부터 사업도 성행하고, 자주 발생하던 각종 사고도 사라지는 등, 모든 것이 안전해졌다고 번갈아 가면서 자랑하는 말들을 듣게 되었다. 그리고 친구들의 소개를 받아 수백만 원을 지급하고 부적을 샀다고 하였다.

부적을 소지하고 있으면 신변을 보호받음으로써 지난날의 범행도 밝혀지지 않을 것이고, 설령 체포되는 상황이 발생하더라도 부적이 붙잡히지 않도록 도와줄 것이라는 신념이 점점 강해졌다고 하였다.

'강도야!'의 외침도 그와 같은 맥락이었다고 하니, 참으로 한심한 작태였다. 그의 강한 부적 의존성은 좀처럼 사그라질 기미를 보이지 않았다. 혐의 사실 대부분을 자백하였고, 향후 재판 과정에서 정상적으로 선처를 받게 되더라도, 이를 부적의 효능으로 믿을 것만 같았다.

체포영장이나 구속영장을 집행하는 과정에서, 지갑에 부적을 소지하고 있는 사람들을 의외로 많이 볼 수 있다. 그 경험에 비추어 보아 많은 사람이 일상에서 부적을 소지하고 있다는 것을 알 수 있다.

가정이나 사무실 등의 사건 사고 현장 속에서도 지역·국적을 불문한, 해괴망측하고 토속적인 잡종교의 부적 같은 물건들이 쉽게 목격된다.

또한, 동물 등의 그림 액자나 각종 탈, 골동품, 또는 그와 같은 부류의 소장품들을 문화·풍습·기념이라는 이유로 보관하고 있는 경우도 많다. 그뿐만 아니다. 해골, 용 등을 비롯하여 우리가 알지 못하는 문양과 글씨들이 새겨진 의복을 거리낌 없이 입기도 한다. 그러나 분별하여야만 한다.[151]

아직도 잊지 못하고 있는 강도살인 사건 현장이 있다.

새벽 2시경, 3인조로 추정되는 강도단이 경춘대로 주변 대형식당에 침입하여 식당 주인을 잔인하게 살해하고 영업수익금을 강탈해 간 사건이 발생했다. 주인은 흉기에 무차별적으로 찔려, 계산대 앞에 쓰러져 사망한 상태였다. 계산대 위에 놓여 있던 흉측한 석상

---

[151] 신명기 7:26(너는 가증한 것을 네 집에 들이지 말라 너도 그것과 같이 진멸 당할까 하노라 너는 그것을 멀리하며 심히 미워하라 그것은 진멸 당할 것임이라) 참조.

과 그 너머로 울부짖고 있는 호랑이 액자가 강도살인 현장을 그대로 담고 있는 것만 같았다.

「사람이 불을 품에 품고서야 어찌 그곳이 타지 아니하겠으며, 사람이 숯불을 밟고서야 어찌 그 발이 데지 않겠느냐.」[152]

---

152) 잠언 6:27~28.

11

우상

　여름 나무 그늘에 자리가 꽉 찼던 교정 벤치는 이젠 낙엽만이 쌓여 있다. 그 옆 분수대는 초라하기까지 하다. 그러나 벤치와 분수대는 그대로 앉아 있고 우뚝 서 있다. 내년 여름 채비에 들어갔기 때문이다.

　사람들은 육체적으로는 이미 사형선고를 받은 상태다. 다만 집행이 유예되어도 계절은 그대로 반복되고 있으니, 이생의 끝이 있음을 크게 느끼지 못하고 사는 것 같다. 그런 측면에서 삶과 영원을 사모하는 마음을 주시며, 삶의 끝을 모르게 함도 유익하다는 생각과 함께 감사가 절로 나온다. 누군가에게는 자신의 삶을 미리 알고 싶어 하는 욕망이 있다. 그 욕망의 길목엔 무속인들이 활개를 친다.

우리나라 무속인은 수십만 명으로, 비용도 수조 원대라고 한다. 정치인들 역시 무속인 한두 명쯤과 친분이 있다고 회자한다. 한 번쯤 당선 가능성에 대하여 점을 쳐 봤기 때문일 것이다. 사이비 무속인에게 속아 사기당한 사례들도 꽤 많다.

피해자는 다른 사람에게 절대 속지는 않을 것 같은 엘리트 여성이다. 사이비 무속인이 허가를 받고 사업을 영위하면 많은 돈을 벌 수 있다고 점을 봐주면서, 평소 친분이 있는 유명 정치인에게 청탁하여 허가를 받아주겠다는 명목으로 수억 원을 요구하였다. 이를 교부함으로써 피해를 보고 고소[153]하였다.

사이비 무속인은 출석을 거부함으로써 체포영장이 발부되었고, 지방에 있는 주거지에서 후배 수사관에 의해 체포되었다. 후배 수사관은 사이비 무속인을 후송하여 인치한 후, 들뜬 표정을 지으며 말하였다.

"선배님, 그 무속인이 죄는 지었어도 그래도 뭘 알긴 아는가 봐요. 제가 집에 들어섰더니 오늘 찾아올 줄 알았다고 말하더라니까요. 그리고 올라올 땐 차 안에서 '왜 그렇게 고민이 많으시냐.'라고 묻기에 '무슨 고민이 있다고 그러십니까.'라고 되물었더니, '여자 때

---

153) 특정범죄 가중처벌 등에 관한 법률 제3조(알선수재) 등 참조.

문이지요.'라고 단번에 맞혀서 제가 '여자 문제라니요.'라고 반문했습니다. 그랬더니 '결혼 때문이지. 그러나 그 여자하고는 안 맞아요.'라고 말하지 뭐예요. 그러면서 다른 여자를 만나거든, 결혼 날짜를 잡아 주겠다고까지 하더라니까요. 사실 사귀는 여자가 있는데, 양가에서 결혼을 반대하여 고민 중이거든요."

후배 수사관은 불과 두 시간 만에 사이비 무속인의 대화술, 또는 유도신문에 말렸고, 사이비 무속인이 되레 후배 수사관의 처지 등을 파악하였던 것 같았다.

"사이비 무속인의 실체를 잘 모르는 것 아냐? 먼저 '찾아올 줄 알았다.'라는 것은 이미 그 무속인은 출석에 불응함으로써, 언제든지 수사관이 자신을 검거하기 위해 찾아올 것이라는 것쯤은 충분히 알 수 있는 상태야. 그러므로 수사관이 찾아왔을 때, 마치 그날 찾아올 것을 알고 있는 것처럼 말할 수 있는 상황이고. 다음으로 '왜 그렇게 고민이 많으냐?'고 묻고 바로 응답하자, '여자 문제 때문이다.'고 말하여 고민 또한 알고 있는 것 같았으나 걱정, 근심이 없는 사람은 없으므로 그렇게 포괄적인 질문을 할 수 있었던 것이지. 그 고민이 여자 때문이라는 것은 차 안에서 나눈 대화 중에서 이를 감지하였을 가능성이 있고, 또한 남녀관계는 당연히 서로 맞지 않는 부분이 더 많음을 경험상 알 수 있었겠지. 그 사이비 무속인이 장래 처지 등을 알아맞힌 것이 아니라, 주의 깊은 관찰력에 따른 말과 상황

맞춤의 결과일 뿐이야. 그것을 믿어서는 안 돼요."

그러나 후배 수사관은 마침 교제 중이던 여자와 헤어지기로 정리하려던 차에 사이비 무속인으로부터 그 여자와는 안 맞는다는 말을 듣고, 사이비 무속인을 우호적으로 생각한 듯했다. 자신의 결정에 대해 위안(慰安)을 삼고, 사이비 무속인의 말을 믿으려는 심상(心狀)도 있었던 것 같았다.

그 무렵 보완 수사를 받기 위해 피해자가 출석하였다. 그런데 피해자의 언행이 사이비 무속인과 너무나도 닮아 있는 것이었다. 사람은 자신도 모르게 가까이 있는 사람과 영향을 주고받으며 답습하는 것이 맞는 것 같다.

정해진 구획 안에서 마약을 투약, 복용한 사람과 하지 않은 사람이 일정 시간 함께 있고 난 후, 마약을 하지 않은 사람이 검사를 시행하면 양성으로 나오는 경우가 있다고 한다.

사실은 피해자도 해당 무속인과 삼 년 이상 동고동락하다시피 할 정도로 친하게 지냈다고 하였다. 조서 열람 서명이 막 끝났을 무렵, 피해자가 엉뚱하게 "다음에 자리를 옮겨야 할 것 같습니다."라고 말하여 순간적으로 "왜 그러시느냐?"라고 물었다. 그러자 그는 "아무튼 옮기는 것이 좋습니다. 그렇지 않으면 부모에게 안 좋은 소식이 들려올 수 있습니다."라고 거리낌 없이 말하는 것이었다.

"함부로 그런 말 하지 마십시오."라고 말하자, 더는 아무 이야기하지 않았다. 조사 중 다른 수사관들의 '근무 희망지를 냈느냐?'는 대화 내용을 듣고 그런 식으로 말한 것이 틀림없었다. 그 말을 듣는 순간, 상한 음식을 먹은 기분이 들었다. 온종일 그 말이 떠오르며 나를 괴롭혔다.

그날 저녁 우상[154]을 섬기는 자들의 특징, 결말에 대한 공부를 반복했다. 그들이나 그를 찾는 사람들이 단 한 번만이라도 특징과 결말을 듣거나, 보았으면 좋겠다는 생각으로 펜을 잡았다.[155]

그 후 사이비 무속인에 대한 구속영장을 신청하였으나, 사이비 무속인은 신속히 피해자와 합의하였고 결국 구속영장은 기각되었다.

사이비 무속인이 불구속 수사를 받게 되자, 수사에 참여하였던

---

154) 시편 96:5(만국의 모든 신들은 우상들이지만 여호와께서는 하늘을 지으셨음이라), 시편 106:36(그들의 우상들을 섬기므로 그것들이 그들에게 올무가 되었도다), 이사야 41:29(보라 그들은 다 헛되며 그들의 행사는 허무하며 그들이 부어 만든 우상들은 바람이요, 공허한 것뿐이니라), 하박국 2:18(새긴 우상은 그 새겨 만든 자에게 무엇이 유익하겠느냐, 부어만든 우상은 거짓 스승이라 만든 자가 이 말하지 못하는 우상을 의지하니 무엇이 유익하겠느냐), 고린도전서 10:14(그런즉 내 사랑하는 자들아 우상숭배하는 일을 피하라), 요한일서 5:21(자녀들아 너희 자신을 지켜 우상에게서 멀리하라), 요한계시록 21:8(그러나 두려워하는 자들과 믿지 아니하는 자들과 흉악한 자들과 살인자들과 음행하는 자들과 점술가들과 우상숭배자들과 거짓말하는 모든 자들은 불과 유황으로 타는 못에 던져지리니 이것이 둘째 사망이라) 참조.

155) 마태복음 28:20(내가 너희에게 분부한 모든 것을 가르쳐 지키게 하라 볼지어다 내가 세상 끝날까지 너희와 항상 함께 있으리라 하시니라) 참조.

선후배 수사관들 사이에서는 사이비 무속인이 자신은 절대 구속되지 않는다는 말을 하였다는 등의 뒷담화가 많았다.

그러나 추가 피해자가 등장함으로써 합의는 이행되지 않았고, 사이비 무속인은 법정구속 되었다.

12

어떤 목소리

일상에서는 막말과 욕설이 난무하고 있다. 욕설은 남을 모욕하거나 저주하는 말로, 원인은 여러 가지가 있다. 하지만 심리학적으로는 크게 욕망이 좌절되었거나, 분노의 표현 수단, 집단 내 동질감, 때로는 강함을 표시하려고 내뱉는다.

욕설 자체에 대해 형법상 검토될 수 있는 죄명은 협박죄, 명예훼손죄, 모욕죄[156] 등이 있다. 농담·불친절·무례(無禮)만으로는 모욕[157]이라고 할 수 없지만, 욕설이나 욕설 섞인 표현은 모욕죄가 성립될 수가 있다.

또한, 욕설이 협박이나 명예훼손의 표현 수단은 될 수 있지만 해악을 고지한다는 인식이 없거나, 사회적 평가를 저해시킬 만한 구

원칙과 품격

체적인 사실을 적시하지 않을 때에는 협박죄나 명예훼손죄가 성립하지 않는다.

아침 일찍 일어나 보니, 첫눈이 많이 와 있었다. 밤새 소리 없이 내린 눈을 몇 년 만에 본 것 같다.

그 순간, 초등학교 4학년 수업 시간 때 첫눈이 내리는 것을 제일 먼저 발견하고 '야, 첫눈 온다!'라고 소리쳐 선생님께 벌을 받았던 게 생각났다. 첫눈이 올 때면 매번 그때 일이 떠오른다.

---

156) 형법 제283조(협박, 존속협박) 제1항(사람을 협박한 자는 3년 이하의 징역, 500만 원 이하의 벌금, 구류 또는 과료에 처한다), 제2항(자기 또는 배우자의 직계존속에 대하여 제1항의 죄를 범한 때에는 5년 이하의 징역 또는 700만 원 이하의 벌금에 처한다), 제3항(제1항 및 제2항의 죄는 피해자의 명시한 의사에 반하여 공소를 제기할 수 없다). 형법 제307조(명예훼손) 제1항(공연히 사실을 적시하여 사람의 명예를 훼손한 자는 2년 이하의 징역이나 금고 또는 500만 원 이하의 벌금에 처한다), 제2항(공연히 허위의 사실을 적시하여 사람의 명예를 훼손한 자는 5년 이하의 징역, 10년 이하의 자격정지 또는 1천만 원 이하의 벌금에 처한다). 형법 제311조(모욕) 공연히 사람을 모욕한 자는 1년 이하의 징역이나 금고 또는 200만 원 이하의 벌금에 처한다. 형법 제312조(고소와 피해자의 의사) 제1항(제308조와 제311조의 죄는 고소가 있어야 공소를 제기할 수 있다. 제2항(제307조와 제309조의 죄는 피해자의 명시한 의사에 반하여 공소를 제기할 수 없다.

157) 모욕이란 사실을 적시하지 아니하고 사람의 사회적 평가를 저하시킬 만한 추상적 판단이나 경멸적 감정을 표현하는 것이다(대법원 2008. 7. 10. 선고 2008도1433 판결 참조).

아침 TV 드라마 등장인물들이 막말을 시작하자마자 곧바로 출근 길에 올랐다. 사건관계인들도 오늘만큼은 첫눈처럼 모두 새하얀 표정이었으면 좋겠다.

그러나 그 기대는 금세 무너졌다. 사무실에 도착하기 무섭게 한 통의 전화를 받았다. 다소 차분한 목소리였다.

"저는 진정인입니다. 제가 진정한 사건이 현재 어떻게 처리되고 있는지 알고 싶어서 전화했습니다."

"예, 잠깐만 기다리세요. 그 진정 사건은 현재 수사 중입니다."

"뭐? 지금도 수사 중이라고? 이 XX야, 피진정인들과 한통속인 것 아니야!"

진정인은 처음과는 완전히 뒤바뀐 목소리로 갑자기 욕설을 해댔다.

"여보세요, 왜 욕설을 하십니까? 그러시면 안 됩니다."

"그러니까 이 XX야, 욕먹기 싫으면 빨리빨리 수사해야 할 것 아니야."

그렇게 막말과 욕설을 계속하다가 일방적으로 전화를 끊었다. 곧 이어 전화가 걸려왔다.

"여보세요?"

방금 통화하였던 목소리였다.

"저는 진정인입니다. 제가 진정한 사건이 현재 어떻게 처리되고 있는지 알고 싶어서 전화했습니다."

원칙과 품격

그는 처음과 똑같은 질문이었다.

"예, 말씀드렸다시피 그 진정 사건은 현재 수사 중입니다. 보충 진술이 있으시면….."

진정인은 다음 말은 들을 필요도 없다는 듯 소리를 질러댔다.

"야, XXX야. 억울하단 말이야! 왜 수사를 제대로 하지 않는 거야. 국민의 세금을 먹고 있는 놈들이. 똑바로 처리하란 말이야!"

진정인은 삼류영화(三流映畵)에서나 볼 법한 욕설과 막말을 나열하고는 또다시 일방적으로 전화를 끊었다. 그 후 전화는 5분 간격으로 걸려 왔고, 같은 내용의 질문은 물론, 막말과 욕설 또한 계속되었다. 아침부터 터무니없는 막말과 욕설을 듣고도 계속 친절히 응대하여야만 하나 싶은 생각이 들었다.

당직실 근무하던 어느 날, 초저녁부터 새벽녘까지 30~40분 간격으로 수십 회에 걸쳐 전화를 걸어오고, 아무 말 없이 수화기만 들고 있다가 끊어버렸던, 상대방의 목소리조차 들을 수 없었던 경험이 문득 떠오르기도 하였다. 그러자 진정인이 아무 말 없이 전화를 끊었던 그보다는 낫다는 생각까지 들었다.

또다시 전화가 걸려 왔다. 진정인의 목소리를 듣기 전에 먼저 대답하였다.

"여보세요. 지금까지 똑같은 방법으로 몇 번을 전화하여 막말과 욕설을 하고 끊은지 아십니까. 이번이 일곱 번째입니다. 계속 이러시면 처벌을 받을 수도 있습니다. 매번 말씀드렸듯이 그 진정 사건은 현재 수사 중입니다. 억울한 점 등 보충 자료가 있으시면 제출해 주시거나 직접 방문하여 말씀해 주시기 바랍니다."

진정인의 욕설은 더욱더 심해졌다. 이제는 기도할 수밖에 없다고 생각한 순간, 욕설 내용이 바뀌었다.

"그래, 이 XX야. 너 예수 믿는 XX지. 이 XX, 예수 믿는 XX가 틀림없어."

그때, 누군가가 진정인의 입을 틀어막은 듯 비명과 함께 전화가 끊겼다. 누가 그의 입을 막았을까? 전화는 더 이상 오지 않았다. 언제 어디서든, 당시 들었던 욕설과 비슷한 말만 들어도 마치 토한 음식을 마주한 것 같은 기분에 사로잡힌다.

뒤늦게 밝혀진 사실인데, 진정인은 경찰서, 세무서 등의 관공서마다 사소한 민원을 제기한 후 진정 사건의 처리 및 확인 등을 빌미로 전화하여 욕설을 뱉는다고 했다. 전화를 끊자마자, 곧바로 다시 걸어 화가 나 응대하는 상대방이 욕설하는 순간만을 포착하고, 이를 녹음하여 진정을 일삼는 소위 악성 민원인이었다.

여러 차례에 걸친 진정인의 막말과 욕설을 어떻게 참아내면서 전화 응대를 할 수 있었던 것일까? 또한, 진정인은 내가 예수 믿는 사람이라는 것을 어떻게 알았을까?

그 무렵 교회는 '전교인 성경 일독 운동'이 시작된 지 꽤 오래된 상황이었다.

「사안을 듣기 전에 대답하는 자는 미련하여 욕을 당하느니라.」[158],

「악을 악으로, 욕을 욕으로 갚지 말며 도리어 복을 빌라. 이를 위하여 너희가 부르심을 받았으니 이는 복을 이어받게 하려 하심이라.」[159]

성경 통독은 오늘도 진행형이다.

---

158) 잠언 18:13.

159) 베드로전서 3:9.

13

검정 볼펜 153

청소년부터, 아니 유아부터 성인에 이르기까지 게임중독이 심각하다. 세계보건기구(WHO)는 게임중독을 치료가 필요한 질병으로 분류(Gaming Disorder, '6C51')하고 있다.

중학생 시절, 책상 위에 검정 볼펜 153을 올려놓고 손가락으로 튕겨 상대 볼펜을 떨어뜨리면 이기는 '볼펜 알까기' 게임을, 수업 시작종이 울리고 선생님이 교실 문을 열고 들어오는 순간까지 했었다. 그때는 그 정도의 게임만 즐겨도 중독 취급당했다. 검정 볼펜 153은 필기도구를 대표하기도 했지만, 다양한 게임 놀이 도구가 되기도 하였다. 검정 볼펜 153 한 자루가 그리워진다.

장애인 고용장려금[160] 등의 편취사범 수사와 관련하여, 중앙부처 산하 소속 공무원이 그의 상관과 함께 수천만 원의 뇌물을 수수한 혐의로 수사가 확대되는 상황이 벌어졌다. 공무원과 그의 상관 혐의는 이미 공여자의 진술이나 현장조사 및 압수수색 등을 통하여 증거가 확보된 상태였다.

그에 따라 먼저 공무원을 소환하여 조사했는데, 그는 자신이 혐의를 인정할 시 그를 신임해 주던 상관도 함께 처벌받을 것을 염려한 나머지 범행을 극구 부인하고 있었다. 그리하여 압수한 공여자의 업무 수첩을 열람하게 하고, 결정적인 신문에 들어갔다.

"공여자는 당시 상관에 대하여 공여할 뇌물도 함께 건네주었다고 진술하고 있고, 또한 여기 공여자의 업무 수첩에도 검정볼펜으로 공여한 금액이 기재되어 있는데 어떠한가요."

"그 진술이나 메모는 잘못됐습니다. 저는 그런 돈을 받은 사실이 없습니다. 저도 교회 다니는 사람입니다."

"그렇다면 그 공여자가 허위진술을 하고 있다는 취지인가요?"

공무원은 "네, 허위입니다, 허위. 정말 미치겠네."라는 대답과 함께 갑자기 자리를 박차고 일어서더니 고함을 지르며 양손으로 와이

---

160) 장애인고용촉진 및 직업재활법 제30조(장애인 고용장려금의 지급), 제31조(부당이득금의 징수 및 지급 제한).

셔츠를 잡아 뜯었다. 그리고는 책상 위 연필 통에 꽂혀 있던 검정 볼펜 153을 순식간에 집어 들고 "죽어야 해."라고 소리를 질렀다. 볼펜으로 자신의 좌측 가슴 위쪽을 마구 찍고, 책상에 머리를 들이받아 그 위에 깔린 유리를 파손해 버리고 쓰러지는 것이었다.

이는 제지할 수도 없는 상황과 틈을 이용하여 이루어졌다는 점에서, 수사를 방해하기 위한 계획적인 행동으로 판단되었다.

즉시 응급조치와 함께 119구급 신고조치를 취했다. 이어서 그가 자해하고 집어 던졌던 검정 볼펜 153과 책상 위 손상된 유리 등의 현장보존 및 그의 안전을 확보하고, 상황 보고 후 구급대원이 도착하기를 기다리고 있었다.

그러던 중 공무원은 자신의 잘못을 뉘우치는 태도를 보이며, 특별히 다친 곳도 없으니 119구급 신고를 취소해 달라고 간곡히 사정하였다. 외관상 공무원의 상태가 나빠 보이지 않았기에, 119구급 신고를 취소하고자 책상 위의 전화기로 눈길을 돌렸다. 그 순간, 연필통 바로 옆 책상 모서리 맨 아래쪽에 놓여 있는 성경책이 보였다.

그때까지 성경책이 놓여 있는 것을 전혀 알지 못했다. 공무원은 조사받던 중 성경책을 발견하고는 '나도 교회를 다닌다.'라고 대답하였던 것 같았다.

그대로 성경책을 꺼내 들어 펼쳤다. 처음 펼쳐지는 성경책이라는 것을 느낌으로 알 수 있었다. 그때 펼쳐진 여호수아서 1장 7~9절 말씀[161] 중 「어디로 가든지 형통하리라. 강하고 담대하라. 놀라지 말라.」 는 말씀이 눈에 들어왔다.

공무원의 자해행위로 당황스럽기까지 한 터라, 여호수아서 1장 7절~9절 말씀 전체를 조용히 소리 내어 읽었다. 119구급 신고 취소도 잊은 상황이었다.

참 희한한 일이 아닐 수 없었다. 그 사이 공무원은 거짓말같이 완전히 회복되었고, 자해 소동을 벌인 사실에 대해서도 몹시 괴로워하였다.

이후 119구급대원이 사무실에 도착하였다. 구급대원이 공무원에게 질문해가며 그의 상태를 점검하고, 찰과상 외 특이사항이 없는 것이 확인되어 그대로 복귀하였다. 그 후 공무원은 혐의사실 대부분을 시인하였고, 그의 상관에 대한 관련 수사도 모두 순조롭게 종결되었다.

그때부터 여호수아서 1장 7~9절의 눈에 보였던 말씀 외에 소리

---

161) 여호수아 1:7~9(오직 강하고 극히 담대하여 나의 종 모세가 네게 명령한 그 율법을 다 지켜 행하고, 우로나 좌로나 치우치지 말라 그리하면 어디로 가든지 형통하리라, 이 율법 책을 네 입에서 떠나지 말게 하여 주야로 그것을 묵상하며 그 안에 기록된 대로 다 지켜 행하라 그리하면 네 길이 평탄하게 될 것이며 네가 형통하리라 내가 네가 명령한 것이 아니냐 강하고 담대하라 두려워하지 말며 놀라지 말라 네가 어디로 가든지 네 하나님 여호와가 너와 함께 하느니라 하시니라).

내어 읽었던 나머지 말씀 중 「우로나 좌로나 치우치지 말라, 이 율법 책을 네 입에서 떠나지 말게 하여 주야로 그것을 묵상하며 그 안에 기록된 대로 다 지켜 행하라.」는 말씀이 마치 매일 해야 할 숙제처럼 머릿속에서 떠나지 않았다.

사건 속에서 한번 거짓말을 한 사람은, 상황에 따라 언제든지 거짓말하는 경우가 많다. 공무원은 이후 법정에서 수사관이 회유하여 범행 사실을 자백한 것이라고 번복하며, 혐의를 다시 부인하였다. 자해행위를 하게 된 이유도 수사관의 모욕적인 추궁을 방어하기 위한 차원에서의 우발적인 행동이었다고 주장하였다.

자해행위를 하고 난 후 선처를 바란다며, 검정 볼펜 153으로 구구절절 진술서를 작성하고도 말이다. 그때 성경책을 발견하지 못하고 공무원의 요구를 받아들여 119구급 신고를 취소하였다면, 그의 자해 경위가 왜곡되는 낭패를 당할 수도 있었다.

성경책을 발견한 일은 우연이 아니었다. 사무실 책상 한쪽 모서리 부분에는 성경책이 놓여 있고, 그 옆 연필 통에는 여전히 검정 볼펜 153 몇 자루가 꽂혀 있다.

그때 그가 연필 통 속에서 송곳을 집어 들었다면…. 성경책과 검정 볼펜 153은 송곳을 막았다. 그렇다면 자녀들의 게임중독을 막는 방법은 없을까?

매일 숙제한다.

14

다문화(多文化)

　　우리나라는 다문화 사회로 들어섰다.[162] 이에 발맞추어, 다양한 사회 문화적 의식구조와 생활양식[163]에 대한 폭넓은 이해가 있어야 한다.

---

162) 2020년 국내 거주 외국인주민 수 215만 명(2021. 11. 17. '행안부 2020 지방 자치단체 외국인 주민현황통계' 참조, 2020년 이주배경인구는 218만 명에서 2040년 323만 명으로 증가, 총인구 중 구성비는 6.4% 전망(2022. 4. 14. 통 계청 2020~2040년 내·외국인 인구전망 보도자료 참조), 2020년 체류외국인 2,036,000명(법무부 출입국·외국인정책본부 통계정보 참조), 2020년 전체 혼인 중 다문화 혼인의 비중 7.6%(2021. 11. 8. 통계청 2020년 다문화 인구통 계 참조).

제조회사에서 일용직으로 일하던 다문화 여성이 함께 근무하는 남자 직원으로부터 성폭행을 당하였다며 고소한 사건을 수사[164]하게 되었다. 여성은 우리 말을 잘 알지 못함으로써 외국어로 작성한 고소 내용을 통역인이 번역해 주었다.

여성은 사건 당일 회사 직원들과 송년 모임을 마치고, 자정 무렵 남자 직원의 차량에 탑승하여 자신의 집 부근에 이르렀다.

그곳에서 막 하차하려는데, 남자 직원이 운전석에 앉은 상태에서 여성은 무슨 뜻인지 알아듣지 못하는 말을 건네며, 얼굴을 내밀고 껴안으려고 하였다. 순간 겁탈하려는 것으로 알고 놀라, 차량 문을 열고 내리다가 땅바닥에 넘어졌고, 그로 인하여 우측 발목을 삐었다고 하였다.

그러나 노총각인 직원의 주장은 달랐다. 그는 두 달 전부터 함께

---

163) 중국 사람들이 가장 꺼리는 색은 백색이라고 한다. 백색은 죽음의 상징이기 때문이다. 따라서 흰 봉투는 조의금을 낼 때만 사용한다고 한다. 우리나라는 결혼식 축의금도 흰 봉투를 사용한다. 일본 사람의 경우는 식사 시 젓가락을 가로로 놓고 밥그릇을 손으로 들고 먹는다. 반면 우리나라의 경우는 젓가락을 세로로 놓고 밥그릇을 밥상 위에 올려놓고 밥을 먹는다. 밥그릇을 들면 양반답지 못한 행위로 여겼다. 그러나 일본 사람들은 밥그릇을 그대로 놓고 먹으면 천시되는 행동으로 여긴다고 한다(네이버 지식in 참조).

164) 구 검찰청법[법률 제17566호] 제4조(검사의 직무), 제46조(검찰수사서기관 등의 직무).

근무하기 시작한 해당 여성에게 첫눈에 반해 좋아하고 있었다고 하였다. 그러던 중, 평소 일찍 귀가하던 여성이 그날은 노래방에서 송년 회식을 마칠 무렵까지 남아 있었고, 여성과 귀갓길이 같은 방향이었던 그가 운전 차량인 봉고 트럭으로 태워다 주게 되었다고 하였다.

여성이 친절히 인사하며 자주 웃어 준 호의를 자신을 좋아하고 있는 것으로 착각한 그는, 여성의 집 부근에 도착했을 무렵 용기를 내어 첫사랑을 고백하며 여성을 껴안으려 했다. 그러자 당황한 여성이 서둘러 조수석 차량 문을 열고 내리다가 발을 잘못 디뎌 넘어졌으나, 곧바로 일어나 집으로 갔다고 하였다.

다음 날 여성에게 한 행동을 사과하였으나, 주변에 있는 사람들이 내막을 확인하지도 않고 여성을 부추겨 고소하게 한 것이라고 주장하며 억울해 했다.

여성이 고소장에 명시한 성폭행, 또는 진술 시 표현한 겁탈이라는 단어는 사실상 강간에 해당한다.[165] 따라서 여성의 고소 내용에 대하여 여러 가지 쟁점이 대두되었다.

첫째, 남자 직원이 당시 그 여성을 간음하기 위하여 항거를 불능하게 하거나 현저히 곤란하게 할 정도의 폭행, 또는 협박을 개시한

---

165) 형법 제297조(강간), 제298조(강제추행), 제301조(강간등 상해 · 치상).

것으로 볼 수 있는가? 즉 강간죄 실행의 착수 여부이다.

강간죄 실행의 착수가 인정되지 않는다면, 강제추행죄의 경우 폭행 자체가 추행행위라고 인정되는 경우도 포함된다. 폭행은 반드시 상대방의 의사를 억압할 정도의 것임을 요하지 않고, 상대방의 의사에 반하는 유형력의 행사가 있는 이상 힘의 대소 강약을 불문하고 있다. 그러므로 남자 직원의 행위가 성적 수치심이나 혐오감을 일으키고, 상대방인 여성의 성적 자기 결정의 자유를 침해한 것으로 강제추행죄의 구성요건인 추행[166]에 해당하는 것은 아닌지의 문제이다.

둘째, 발목을 약간 삐었다는 정도의 염좌는 굳이 치료받지 않더라도 일상생활을 하는 데 지장이 없고, 시일이 지나면 자연적으로 치유될 수 있어, 신체의 완전성이 손상되고 생활 기능에 장애가 왔다거나 건강 상태가 불량해졌다고 보기는 어려워 상해[167]라고 볼 수 없는 것은 아닌지의 문제이다.

셋째, 강간죄 또는 강제추행죄 실행의 착수가 인정된다면 행위가 미수에 그치더라도, 수단이 된 폭행으로 해당 여성이 상해를 입을 시 강간치상죄 또는 강제추행치상죄가 성립한다. 그러므로 상당인

---

166) 대법원 1994. 8. 23. 선고 1994도630 판결 등 참조.

167) 대법원 1994. 11. 4. 선고 1994도1311 판결 등 참조.

과관계[168]를 인정할 수 있는 것인지 등의 문제가 있었다.

문제가 된 쟁점들에 대하여 수사하였더니, 남자 직원의 진술에 신빙성이 있어 보였고, 실제로 해당 여성을 사랑하고 있음도 확인할 수 있었다. 남자 직원은 그날 노래방에서 선정적인 화면들을 보지 않았다면, 그때 그와 같은 방법으로 사랑 고백을 하지는 않았을 것이라고 하였다.

사람을 막론하고 성희롱[169], 성폭력[170]이 발생한다. 음란, 퇴폐문화 및 그와 유사한 환경이나 상황에 노출될수록 그만큼 발생 위험도 커진다.

그러므로 당시 남자 직원의 여성을 향한 고백의 진실성과 순수성은 의심의 여지가 없지 않았다. 남자 직원은 이 같은 연유로 첫사랑 고백을 했던 경험을 몹시 후회하고 있었다.

그런데 고소 이후 뜻밖에도 남자 직원의 진심이 여성에게 전달되고, 여성 또한 당시 언어 문제로 의사소통이 제대로 이루어지지 않

---

168) 대법원 2004. 5. 14. 선고 2004도313 판결 등 참조.

169) 양성평등기본법 제3조 제2호 각목의 어느 하나에 해당하는 행위를 하는 경우를 말한다.

170) 성폭력범죄의 처벌 등에 관한 특례법 제2조 제1항 각호에 규정된 죄에 해당하는 행위를 말한다.

은 점, 의식구조 및 생활방식의 차이로 착오가 있었던 점을 들며 고소를 취하하였다.

이후 남자 직원의 내전에 의하면, 외국인이 국내 법규를 잘 알지 못해 피해를 보는 일도 있지만, 그로 인해 내국인도 손해를 입게 되는 경우가 있으니 참고해 달라는 부탁과 함께, 곧 노총각 신세를 면하게 될 것 같다고 했다.

아찔한 첫사랑의 줄타기 후 한 쌍의 다문화 가족이 싹텄다. 다문화 가족은 선교의 전초기지이기도 하다. 한국 속에 세계가 있고, 세계 속에 한국이 있다.

15

창고를 채워라!

공원의 벚꽃이 떨어진 지 엊그제 같은데, 어느덧 그곳에 눈꽃이 피었다. 저녁 무렵, 옆머리에서 흰머리가 보이더니 아침에는 앞머리 쪽에서도 나타났다.

삶의 빛나는 면류관이 한 올 한 올 늘어간다. 겸비한 마음으로 현관문을 나섰다. 오늘은 사기 고소 사건의 피고소인과의 첫 대면으로 일과를 시작하는 날이다.

피고소인은 고소인으로부터 부품 대금변제 명목으로 수억 원을 빌려 놓고 끝내 갚지 않아 고소당했다. 고소인의 주장에 따르면, 피고소인은 거짓말을 밥 먹듯 하니 진술을 믿지 말고 철저한 조사를 해 달라고 하였다.

사안의 진실을 규명하기 위한 기본적인 요소가 바로 진술이다. 진술의 거짓 여부를 판단하기 위한 필수 불가결한 요소 또한, 진술 자체 속에 내포된 경우가 많다.

특히 거짓 진술은 확정적인 표현이 많아, 듣는 사람이 그대로 받아들이기 십상이다. 그렇지만 진술을 비교·분석하는 습관을 지니면 거짓 진술로 노출되는 모순점을 발견하기가 어렵지만은 않다. 거짓말하는 사람은 제일 먼저 스스로 모순점을 알아차리기 때문에, 곧바로 변명의 진술을 반복하는 경향이 있다.

그러므로 거짓말을 밥 먹듯이 하는 사람에게는 때로는 맞불 작전으로 거짓 내용을 묻거나, 핵심사안을 먼저 질문하여 영상녹화 등으로 답변을 확보해 두는 조사방식이 유용할 때가 있다.

"고소인의 주장에 따르면, 갚을 의사나 능력도 없었으면서 고소인으로부터 돈을 빌려 편취하였다는 취지인데 어떤가요?"

"그렇지 않습니다."

"돈을 빌릴 당시, 회사는 정상적으로 운영되고 있었나요?"

"그렇습니다."

"그럼, 부채현황은 어떠한가요?"

"그때는 특별한 부채도 없었습니다."

"그 무렵 채권이나 소유하고 있는 부동산이 있었나요?"

"네, 채권과 부동산이 있었습니다."

"만약 그러한 사실이 없었다면, 그 돈을 제때 갚을 의사나 능력이 없었던 것이 아닌가요?"

"네, 그렇지만 앞서 말씀드린 바와 같습니다."

"그럼 빌린 돈을 제때 갚지 못한 이유는 무엇인가요?"

"고소인에게 돈을 갚아야 할 무렵, 제가 받은 어음이 부도를 맞아 저 또한 갑자기 자금 융통이 되지 않아 제가 발행·교부한 어음도 연쇄적으로 부도가 나기 시작했습니다. 그 무렵 소유하고 있던 공장용지와 공장건물이 경매 처분됨은 물론, 부속 창고에 설치된 기계를 비롯하여 쌓아둔 제품까지 압류를 당하고 그 후 창고는 텅 비게 되었습니다. 그러자 직원들마저도 회사를 떠났고, 고소인에게 빌린 돈도 제때 갚지 못하게 되었던 것입니다. 그러나 최근에서는 일부 거래처 등의 도움으로 다시 제품생산을 시작하여, 창고에 제품도 쌓으며 영업실적도 향상되고 있는 상황입니다. 고소인과 합의할 시간을 주시면 최대한 빨리 고소인에게 빌린 돈을 갚겠습니다."

"부도난 그 받은 어음, 소유하고 있는 부동산의 등기부 등본, 공장 기계 현황 등의 증거 자료를 제출할 수 있나요?"

"네, 자료가 준비되는 대로 제출하겠습니다."

피고소인은 고소인의 주장처럼 거짓말로 진술하지는 않았다. 그 후 피고소인은 증거 자료들을 제출하였고, 그 외에도 회사 창고에 제품이 쌓이고 향상된 영업실적 현황도 함께 제시하였다. 고소인이 과장 고소한 측면도 없지 않았다. 피고소인이 제출한 자료 등을 종합하면, 피고소인에 대한 사기 혐의는 인정되기 어려워 보였다.

그리하여 그 무렵 함께 근무하고 있던 동료와 '차용 당시 피고소인은 부동산 등을 소유하고 있는 상태에서 회사 또한 정상적으로 운영하고 있었으므로, 받은 어음만 부도 맞지 않았다면 차용금을 충분히 갚을 수 있는 의사나 능력이 있었던 것으로 보인다.'라는 취지로 수사 의견을 나누던 중, 마침 옆 사무실에 근무하고 있던 다른 동료가 우리 사무실에 들렀다. 그때 동료는 '현재 제품이 창고에 쌓이고 있다고 하니 기회를 한 번 주시죠.'라는 말로 분위기를 전환한 후 지인의 경험담을 이야기하기 시작하였다.

동료의 지인은 관할 경찰서에 신고[171]후 내리막길 사거리 교차로에서 도로 포장 공사를 진행하였다. 그런데 공사 완료 검사 후 현장을 막 철수하던 중, 브레이크가 고장 난 덤프트럭이 그대로 현장을 덮쳤다고 하였다. 지인은 치명상을 입고 병원으로 긴급 후송조치되었다.

병원 중환자실에서 며칠간 혼수상태로 치료를 받던 중, 갑자기 한 사회자가 나타나 그를 수많은 군중이 운집해 있는 곳으로 데리

---

171) 도로교통법 제69조(도로공사의 신고 및 안전조치 등).

원칙과 품격

고 갔다. 그곳에 불러 세우더니 군중들이 지켜보고 있는 가운데 열쇠 하나를 주면서 '네 창고이니 열어보라.'고 말했다. 열쇠를 건네받아 창고를 열자, 안이 텅 비어 있었다는 것이다.

그 광경을 본 군중들은 사회자를 향하여 '저 사람이 여기에 어떻게 왔습니까. 창고 채울 기회를 한 번 줬어야 하지 않나요. 창고 채울 기회를 주십시오.'라고 큰 소리로 말하며 아우성쳤다. 사회자에게 창고 열쇠를 되돌려주자, 사회자는 그에게 '창고를 채워라!'라고 말하며 열쇠를 재차 건네주었고, 이를 되받는 순간 의식이 회복되었다고 했다. 동료의 지인은 그 후 몇 번의 수술 과정을 거쳐 완치되었고, 현재 하늘 창고를 채워가며 충실히 신앙생활을 하고 있다고 했다.

'할렐루야.'

밤늦은 시간 귀가하면서 운전하던 중, 라디오 방송[172]에서 흘러나오는 초등학생의 편지를 들은 적이 있었다. '이 세상은 축구경기장과 같다. 우리는 축구경기장에서 사단과 싸우고 있고 천군, 천사가 관중이 되어 우리를 응원하고 있다.'라는 내용이었다. 아우성쳤던 그 군중이 마치 천군, 천사였던 듯했다.

---

172) FM 106.9 극동방송.

주일에 골프장에 가다가 교통사고를 당하여, 죽을 고비를 넘기고서야 변화하여 철저한 주일성수는 물론, 많은 사람을 전도함으로써 축복을 받게 되었다는 어느 집사의 간증과 어렸을 때 친척으로부터 성폭력을 당하는 등 많은 시련을 겪었으나, 일천번제 등을 드려 축복받게 되었다는 어느 전도사의 간증을 들은 적이 있다.

그러나 그 귀한 축복의 간증도 나에게는 잘 적용되지 않았고, 너무 멀게만 느껴졌었다. 그런데 동료의 지인 이야기를 듣던 중, '큰 사건 사고나 극적인 간증이 없는 것이 오히려 나의 간증이다.'라고 말하였던 어느 가수의 고백이 갑자기 떠오르며 깜짝 놀랐다. 그 순간, 그 비어 있었다는 창고가 바로 비어 있는 나의 창고를 말하는 것 같았기 때문이다. 그리고 '창고를 채워라!'라는 명령이 나를 향한 말씀으로 들렸다.

때와 장소를 막론하고 말씀을 듣는 것도, 들을 수 있는 것도 은혜이다. 그런 말씀은 여러 상황 속에서 각자의 형편과 처지에 따라 쏟아지고 있다는 사실도 그때 절실히 깨달았다. 사고 당시 동료의 지인은 다른 근로자가 사거리 교차로의 해당 차선을 안전하게 통제하고 있는 상태에서 도로 포장 공사 완료 검사를 성공적으로 마치고, 현장을 뒤로한 채 담배를 피우며 막 벗어나는 상황이었다고 했다.

다른 근로자나 주변 사람들이 내달리는 덤프를 피하라고 큰소리로 외쳤지만, 동료의 지인은 뒤돌아보지 않았고, 외치는 소리는 물론 덤프트럭의 경음기 소리조차도 듣지 못했단다.

그리고 사고 발생 일주일 전, 기독교 신자인 동료의 지인 배우자가 이사한 집 주변의 규모가 그리 크지 않은 교회에 같이 등록하자는 말을 건넸으나, 그는 아직 술, 담배를 못 끊고 있으니 배우자에게 먼저 출석하라는 말을 했다고 한다. 그런데 그사이에 그런 사고가 발생한 것이다. 동료가 말을 다 마쳤을 때쯤, 이를 함께 듣고 있던 옆 사무실의 다른 동료가 큰 소리로 말을 이어갔다.

"정말 각본 없는 감동의 드라마 같습니다."

"저도 몇 년 전에 차를 폐차시킬 정도로 큰 교통사고를 당했던 적이 있었습니다. 순간 죽는다는 생각과 함께 의식을 잃었으나, 깨어나 보니 약간의 찰과상 외에는 다친 곳이 거의 없었습니다. 사실은 결혼 후부터 교회에 나가지 않고 있었는데, 이야기를 듣고 보니 이제부터라도 다시 교회에 나가야겠습니다. 정말 기적이 일어나는군요"

순간 나의 창고가 떠오르며, 그 은혜에 감동을 느끼고 큰소리로 외쳤다.

그럼 그 드라마의 연출자는 누구일까요?

지금 사람을 믿고 안전하다고 확신하고 있지는 않나요?

어떤 일이 성공적으로 마무리되고 있습니까?

그 길을 피하라고, 바로 옆에서 큰소리로 외치는 생명의 소리를 무감각하여 듣지 못하고 있는 것은 아닌가요?

세상을 쫓고, 끊어야 할 것을 끊지 못하고 있는 나쁜 습관들이 남아 있지는 않습니까?

이런저런 사정으로 다음에 때가 되면 교회에 나가겠다고 지금도 미루고 있지는 않은가요?

아직도 배우자가 믿음 생활을 하지 않고 있습니까?

"창고를 채워라!"[173]

---

173) 말라기 3:10(만군의 여호와가 이르노라 너희의 온전한 십일조를 창고에 들여 나의 집에 양식이 있게 하고 그것으로 나를 시험하여 내가 하늘 문을 열고 너희에게 복을 쌓을 곳이 없도록 붓지 아니하나 보라), 마태복음 16:19(내가 천국의 열쇠를 네게 주리니 네가 땅에서 무엇이든지 매면 하늘에서도 매일 것이요 네가 땅에서 무엇이든지 풀면 하늘에서도 풀리라 하시고) 참조.

원칙과 품격

16

전염병

개발이익이 많은 곳은 범죄도 잦다. 수도권에 있는 상수원 수질 보전특별대책지역 내에서 환경 사범 및 공갈 사범 등에 대한 기획 수사를 하였다. 수사 착수 3개월에 이르렀을 때쯤 혐의자 몇 명을 입건[174]하였다.

그러나 일부 혐의자들의 변호인들은 법률 적용의 착오를 주장하고, 이에 팀원들조차도 수사에서 소극적인 자세로 돌아서서 낙심할 수밖에 없었다. 몇 개월에 걸쳐 바둑에서 패배 후 복귀하는 마음으로 보완 수사를 하였고, 그 후 그들은 모두 기소되어 유죄가 확정되

---

174) 구 형사소송법[법률 제16859호] 제196조 제1항.

었다. 그렇지만 그때의 낙심에서 다시 일어서기까지는 상당한 시간이 흘렀다.

그런데 최근, 가산금리를 조작하여 수십억 원을 편취한 금융기관의 대출 업무 관련 부조리 사범에 대한 공동정범[175]으로 몇 명을 입건했는데, 참고인 등이 진술을 번복하여 처벌이 어렵다는 소문이 무성했다. 또다시 낙심이 찾아왔다.

그날 저녁, 팀 전체 회식이 있었다. 팀원 중 한 명이 "수사는 팀장과 팀원들이 함께 오선지(五線紙)에 악보를 그려 합주하는 것과 같다."고 말하였다. 오선지와 같은 역할을 하는 팀원, 오선지에 여러 종류의 음표를 사용하여 훌륭한 악보를 만들어 내는 팀원, 악보에 따라 정확하게 연주할 줄 아는 팀원, 팀원들을 불협화음 없이 잘 지휘하는 팀장이 있어야 명품 수사가 된다는 취지였다.

다른 팀원 한 명은 "팀 수사는 마치 성냥으로 네 기둥을 세우고 목표 층까지 한층 한층, 주의를 다하여 탑 쌓듯 쌓는 것."이라고 했

---

175) 특정경제범죄 가중처벌 등에 관한 법률 제3조, 형법 제347조의2(컴퓨터 등 사용사기), 대법원 2011. 12. 22. 선고 2011도9721 판결(2인 이상이 범죄에 공동 가공하는 공범 관계에서 공모는 법률상 어떤 정형을 요구하는 것이 아니고 2인 이상이 공모하여 범죄에 공동 가공하여 범죄를 실현하려는 의사의 결합만 있으면 되는 것으로서, 비록 전체의 모의 과정이 없더라도 수인 사이에 순차적으로 또는 암묵적으로 상통하여 의사의 결합이 이루어지면 공모관계가 성립한다) 참조.

다. 그렇게 쌓은 성냥 탑은 누군가 한순간만 잘못 쌓아도 전체가 와르르 무너질 수밖에 없는 것이므로, 각자의 책임을 다하는 것이 팀워크라고 말하고 있었다. 이는 수사뿐만 아니라 조직이나 단체 등, 어느 부서에나 적용될 수 있는 좋은 비유 같다는 생각이 들었다. 팀원들은 이번 수사에 대하여 그와 같은 내용으로 서로 피드백하고 있었다. 그러면서 나의 처지(處地)를 위로라도 하듯, 그동안 낙심과 실의에 빠졌던 각자의 수사 경험담을 주고받더니 뜻밖의 대화를 하기 시작했다.

팀원 A가 입을 열었다.

"낙심하니까 싫어지더라고요. 저는 고등학교 때까지 교회에서 찬양대로 봉사했습니다. 그런데 어느 날 목사님이 설교 시간 내내 건축헌금 이야기만 하는 것이었습니다. 그래서 이것은 아니다 싶어서 그 후로 지금까지 교회에 안 나가고 있습니다."

팀원 B가 말을 이어간다.

"나는 청년회장까지 맡았습니다. 그런데 결혼하고 다시 교회에 나가려고 하는데, 맞벌이를 하다 보니까 솔직히 십일조 내는 것이 부담도 되고 못 나가겠더라고요. 십일조만큼은 정확히 해야 하잖아요."

팀원 C가 맞장구를 친다.

"저도 초등학교 때부터 교회에 다녔습니다. 그런데 직장 생활하면서 동료의 결혼 축의금 봉투를 건네던 중, 그 순간 왜 그런 생각이 들었는지 모르겠으나 교회가 이런저런 봉투를 사용하여 헌금을 강요하는 것 같았습니다. 그때부터 교회에 가지 않았습니다."

그때 결혼한 지 얼마 되지 않은 팀원 D가 잠시 주저하면서 말을 한다.

"아내가 알면 좋을 게 없는데, 저도 초등학교 5학년 때까지는 교회에 잘 다녔습니다. 그런데 짝사랑하던 여자 친구는 헌금 시간마다 헌금 주머니에 헌금을 넣는데, 저는 매번 헌금을 넣을 돈이 없었습니다. 그러던 어느 날부터 갑자기 창피하다는 생각이 들어 그 길로 교회 나가는 것을 포기해 버렸습니다. 그 포기가 지금까지 이어지고 있습니다."

여기저기서 십일조와 헌금으로 인한 낙심과 실의로 교회에 출석하지 않게 된 이야기가 터져 나왔다. 다른 팀원들의 교회에 출석하지 않게 된 계기까지, 교회 관련 대화는 계속됐다.

친형이 장로인 다른 팀원은 형이 다른 사람들은 잘 섬기면서도, 부모는 모시지도 않는 겉과 속이 다른 모습이 보기 싫어서 믿음을 포기하였다고 하고, 친동생이 목사인 다른 팀원은 형제 중 목사 한 명만 믿으면 되지 않겠느냐면서, 교회에 출석하지 않고 있다고 했다.

또한, 매형이 목사인 다른 팀원은 매형이 경제적으로 빈궁하여 누나를 고생시키고 있어, 그 때문에 목사까지 싫어져 교회에 출석하지 않고 있다고 하고, 교회에 다니는 딸이 속을 썩여 지금은 교회까지 싫으나, 딸이 속을 차리면 함께 교회에 나가겠다는 다른 팀원도 있었다.

낙심은 매우 강한 전염병임이 분명했다.

믿음 생활을 하다가 낙심하거나 실의에 빠져 믿음을 포기한 사람들이 그렇게 많다는 것에 새삼 놀랐다. 나 또한 팀원들의 회심을 방해하였던 것은 아닌지 되돌아보는 시간이 되었다. 낙심해서는 안 된다. 그 무엇보다도 믿음을 버리거나 포기하는 낙심은 절대 안 된다. 새 하늘과 새 땅을 바라봐야 하기 때문이다.[176] 회식 끝 무렵, 나는 침묵을 깼다.

"나뭇잎은 이미 다 떨어졌습니다. 낙심은 이미 떨어져 버린 그 낙엽과 같습니다. 그 낙엽들은 희망 나무를 자라게 하는 밑거름이 되었을 것입니다. 꽁꽁 얼어붙은 한겨울입니다. 바로 지금이 힘찬 새봄을 노래할 때입니다. 우리 함께 다시 푯대를 향해 달려갑시다."

"파이팅!"

---

176) 고린도후서 4:8(우리가 사방으로 욱여쌈을 당하여도 싸이지 아니하며 답답한 일을 당하여도 낙심하지 아니하며), 갈라디아서 6:9(우리가 선을 행하되 낙심하지 말지니 포기하지 아니하면 때가 이르매 거두리라), 마가복음 9:42(또 누구든지 나를 믿는 이 작은 자들 중에 하나라도 실족하게 하면 차라리 연자맷돌이 그 목에 매여 바다에 던져지는 것이 나으리라) 베드로후서 3:13(우리는 그의 약속대로 의가 있는 곳인 새 하늘과 새 땅을 바라보도다) 참조.

그 후 대출 관련 업무 부조리 사범들은 모두 기소되어 유죄가 확정되었다.

17

결산

연말 모임들이 한창이다. 몇 년째 소모임 회장을 맡고 있다. 회장은 그 모임을 대표하고 모임의 일을 총괄하는 사람[177]이다.

길거리 등지에서 어느 정도 친분 있는 사람을 우연히 만났는데, 순간 이름이 기억나지 않을 때 대처 방법이 있다.

먼저 '회장님!'이라고 호칭하며 인사하면 된다. 넘쳐 나는 위원회, 동창회, 동기회, 동문회, 동우회, 연합회, 협의회, 가족회, 종친회, 친목회, 전우회, 산악회, 향우회, 봉사회, 청년회, 여성회, 노인회, 신우회, 선교회 등 그 많은 모임 중 회장 직함을 한 번쯤은 맡았거

---

177) 국립국어원 표준국어대사전 참조.

나 맡고 있을 것이기 때문이다. 그러나 사람들의 모임과 연합이 하나님의 영광을 가로채서는 안 된다.

총무(總務)는 어떤 기관이나 단체의 전체적이며 일반적인 사무, 또는 그 일을 맡아 보는 사람을 지칭한다. 회장 없이 대표격인 총무만 있는 모임도 상당하다. 그 총무의 권한은 회장과 버금간다.

회장 없는 동기회에서 밥 총무를 맡은 적이 있다. 원조 밥 총무가 폐쇄적이고 권위적인 조직문화와 관련성이 있고, 그 관행이 직장 내 괴롭힘의 문제[178]로까지 내려와 폐지된 후였다.

그 무렵 밥 총무는 동기들로부터 권한을 위임받아 식대 등의 공금을 관리하며, 매주 특정 요일에 동기회의 식사 장소 및 메뉴를 일방적으로 통지하였다. 이에 따라 자주 찾던 식당 등에서는 상당한 대접을 받기도 했다. 밥 총무는 극한직업이 아닌 회장 격인, 그야말로 왕 총무였다.

그런데 그 권한이 커서였는지, 회비 등 관리하는 공금이 많지 않아서였는지, 시간이 지날수록 관리가 소홀해지고 말았다. 동기로부터 식대를 받은 것인지, 아니면 받지 않았던 것인지, 장부에도 표기가 되어 있지 않아 해당 동기에게 확인하면 식대를 건넸다고 말했다. 그렇다면 차이 난 금액은 식당 등에서 영수증을 받지 않아 발

---

178) 근로기준법 제76조의2(직장 내 괴롭힘의 금지).

생한 것인지, 또는 식대를 내지 않고 낸 것으로 착각하고 있는 것은 아닌지. 혼란스러운 문제들이 많았다. 어느 때부터는 장부의 차변과 대변도 잘 맞지 않았다. 그러다 보니 더는 밥 총무를 맡기 싫어졌다.

마침, 결산의 때가 찾아왔다. 정신이 들었다. 비록 소모임, 소액의 공금을 관리하는 밥 총무라고 할지라도 경각심을 가지고 철저한 공금 관리를 하여야 했는데, 방심이 원인이었다. 그 해 마지막 동기회가 있던 날, 식대 등 밥 총무를 맡았던 기간의 수입 지출에 대한 결산보고를 했다. 차이 난 금액에 대하여 관리책임을 인정하고, 이를 보전하고 1년 남짓 맡아 온 밥 총무를 그만 맡기로 공표하였다.

그런데 동기들은 만장일치로 연임 결정과 함께, 수고를 격려하며 농담과 함께 밥 '총장상'을 추천하였다. 그 후 2년에 걸쳐 단돈 1원도 착오가 없도록 공금을 관리하며 밥 총무를 맡았다.

밥 총무를 맡은 기간 동안 소소한 배움과 깨달음도 많았다. 크고 작은 모임 등에 있어 총무는 해당 모임의 청지기이다. 총무는 충실히 그 소임을 다해야 한다. 특히, 공금 관리의 실패는 배신행위이며 도둑 행위이다.

중대범죄[179]가 될 수 있다. 나아가 중대범죄 등으로 취득한 불법 수익은 그 자체는 물론, 불법 수익의 유래 재산과 혼합 재산까지도 몰수·추징의 대상[180]이 된다.

불법 수익 1,000만 원과 이로부터 이자 등 유래한 재산 100만 원이 발생하였다면, 전체 1,100만 원이 몰수된다. 또한, 1억 원의 불법 수익과 다른 재산 1억 원을 합하여 2억 원의 부동산을 매수한 후, 부동산 가격이 4억 원으로 상승하였다면 4억 원의 혼합 재산이 형성되었으므로 불법 수익 비율에 따라 부동산 가격의 2분의 1 지분인 2억 원이 몰수되는 것이다.

우리의 생명, 시간, 재능, 능력, 재산은 모두 선물로 맡겨주셨다. 내 것이 아니다. 우리는 주인의 뜻대로 이를 관리하는 청지기일 뿐이다.

네가 보던 일을 셈하라 하신다.[181] 십일조와 헌물을 도둑질[182] 해서는 안 된다. 불법 수익을 쌓아서는 안 된다.

우리의 삶도 결산의 때가 있다.

---

179) 범죄수익은닉의 규제 및 처벌 등에 관한 법률 제2조 제1호 가목 라목, 특정경제범죄 가중처벌 등에 관한 법률 제3조 제1항 참조.

180) 범죄수익은닉의 규제 및 처벌 등에 관한 법률 제8조, 마약류 불법거래 방지에 관한 특례법 제14조, 부패재산의 몰수 및 회복에 관한 특례법 제3조, 공무원범죄에 관한 몰수 특례법 제4조, 불법정치자금 등의 몰수에 관한 특례법 제4조 참조.

181) 누가복음 16:2.

원칙과 품격

「무릇 많이 받은 자에게는 많이 요구할 것이요, 많이 맡은 자는 많이 달라 할 것이니라.」[183]

---

182) 말라기 3:8~9(사람이 어찌 하나님의 것을 도둑질하겠느냐 그러나 너희는 나의 것을 도둑질하고도 말하기를 우리가 어떻게 주의 것을 도둑질하였나이까 하는 도다 이는 십일조와 봉헌물이라 너희 곧 온 나라가 나의 것을 도둑질하였으므로 너희가 저주를 받았느니라) 참조.

183) 누가복음 12:48.

감사의 글

개개인의 삶 그 자체가 세상에서 유일한 최고의 문학작품이며 그 주인공은 바로 '나'라는 사실을 뒤늦게 알게 되었습니다.

우리는 고귀한 삶의 증인들입니다. 증인은 증언하여야 할 의무가 있습니다.

원칙과 품격 있는 삶을 지향하며, 증언하는 마음으로 이 책을 저술하였습니다.

이 책을 읽고 단 한 분이라도 특히, 자살을 포기하고 금주가 실현되고, 도박 중독, 우상 숭배에서 벗어나고 무엇보다도 믿음이 회복되고 싹트는 역사가 일어나는 겨자씨 한 알이 되었으면 좋겠습니다.

혹시라도 글 속에서 교만이 보이는 곳이 있다면 용서하여 주시고, 흔쾌히 출판을 허락해 주신 「맑은샘」 출판사 김양수 대표님과 원고를 꼼꼼히 교정해 주신 임고은 님에게 깊이 감사드립니다.

　마지막으로, 이 책 출간에 용기를 북돋아 주고, 원고를 정리하여 준 사랑하는 아내와 소재를 제공해 준 존경하는 동료 선·후배님들에게 이 기회를 통하여 고마움을 전합니다.

　처음과 끝이신 하나님 사랑합니다.

2022년 6월
채희수

원칙과 품격

초판 1쇄 인쇄 2022년 06월 22일
초판 1쇄 발행 2022년 06월 30일
지은이 채희수

펴낸이 김양수
책임편집 이정은
편집디자인 권수정
교정교열 임고은

펴낸곳 도서출판 맑은샘
출판등록 제2012-000035
주소 경기도 고양시 일산서구 중앙로 1456(주엽동) 서현프라자 604호
전화 031) 906-5006
팩스 031) 906-5079
홈페이지 www.booksam.kr
블로그 http://blog.naver.com/okbook1234
이메일 okbook1234@naver.com

ISBN 979-11-5778-553-7 (03800)